CINÉMA-BIBLIOTHÈQUE

Prix : 3 fr 50

ARTHUR BERNÈDE

MANDRIN

★★

LA TRAHISON

Editions JULES TALLANDIER
75, Rue Dareau. PARIS (XIVe)

Photo-film Cinéromans.

Un abominable soupçon venait subitement de traverser l'esprit de Nicole.

MANDRIN

★ ★

LA TRAHISON

ARTHUR BERNÈDE

MANDRIN

GRAND ROMAN HISTORIQUE

abondamment illustré par les photographies du film

SOCIÉTÉ DES CINÉROMANS

* *

LA TRAHISON

CINÉMA-BIBLIOTHÈQUE

Éditions JULES TALLANDIER

75, Rue Dareau, PARIS (XIVe)

MANDRIN

DEUXIÈME PARTIE

LA TRAHISON

I

OU NICOLE PREND UNE GRAVE DÉCISION

— Ma chère enfant... ne pleurez pas ainsi... ne cessait de répéter M. de Voltaire... Il reviendra, vous dis-je... Mandrin n'a-t-il pas maintes fois prouvé qu'il était invulnérable. Allons, soyez raisonnable !... Ma servante Marton va vous conduire jusqu'à votre appartement. Demeurez-y en paix, tâchez de vous endormir !

— Oui, vous avez raison, reprenait Nicole... je dois être courageuse.

Et tout en s'efforçant d'arrêter ses larmes, après avoir souhaité un affectueux et reconnaissant bonsoir à son hôte, elle suivit Marton qui la conduisit, d'un air plein de compassion, jusqu'à sa chambre... C'était celle de la marquise de Montferrat que, dans la journée, Voltaire avait fait remettre en état pour ses hôtes.

Certes, les tentures en étaient bien fanées, et elle était dépourvue de toute élégance. Quelques fleurs des champs, hâtivement déposées dans des vases plus ou moins ébréchés, n'atténuaient en rien son aspect sévère, abandonné.

Lorsqu'elle en franchit le seuil, Nicole, subissant malgré elle l'impression de ce décor si bien fait pour augmenter encore sa tristesse, se sentit secouée par un long frisson. Elle se laissa tomber sur un fauteuil, sans prononcer un mot.

Marton s'approcha d'elle.

— Madame, proposa-t-elle, voulez-vous que je vous aide à vous déshabiller ?

— Non, ma fille.

Désignant une petite porte, Marton ajoutait :

— Il y a là une garde-robe où vous trouverez les « effets » de la marquise. Je les ai brossés avec soin... et si vous voulez changer de toilette...

— Je vous remercie, éludait Nicole... mais je préfère être seule.

Marton n'insista pas, et se retira.

Alors, Nicole donna libre cours à sa peine... A présent, elle commençait à se rendre compte que l'amour, hélas ! n'est pas qu'un beau rêve, et que s'il est la source de joies délicieuses, il est aussi la cause de bien cruels tourments.

De sombres pressentiments l'assaillaient... la persuadant de plus en plus que Mandrin ne reviendrait pas de cette expédition autant soudaine qu'imprévue.

Et ce furent de nouvelles larmes, de nouveaux sanglots, plus déchirants encore.

Soudain, il lui sembla qu'on avait légèrement heurté sa porte.

— Qui est là ? demanda-t-elle d'une voix brisée.

— M. de Voltaire !

Nicole eut un tressaillement d'espoir... Elle n'était donc ni seule, ni abandonnée... Un peu rassurée par la présence de son hôte, dont la bienveillance à son égard était si manifeste, elle s'en fut lui ouvrir.

Voltaire, la prenant par la main, la reconduisit jusqu'au fauteuil, et la força doucement à se rasseoir.

— Ma pauvre enfant, fit-il d'un ton ému, je passais dans le vestibule, et je vous ai entendue pleurer... Croyez que je suis désolé de vous voir tant de peine !... Et moi qui m'étais sottement persuadé que je vous avais consolée !... Que diable ! Quand on épouse un homme tel que Maudrin, il faut s'attendre à tout et à bien d'autres choses encore !

— Oui, mais pas à cela !... s'exclamait ingénument Nicole... Ah ! je le vois bien à présent, j'avais trop présumé de mes forces... Grisée par mon amour, je ne l'avais compris qu'éclairé par la grande et douce lumière d'un parfait bonheur. Je devine à présent quelles vont être mes transes, mes angoisses... Aurai-je le courage de les supporter ?

Voltaire la considéra avec une expression faite à la fois de compassion et de malice.

Puis, après avoir réfléchi quelques instants, il reprit :

— Ne m'avez-vous pas dit que vous étiez la cousine de la marquise de Pompadour ?

— Oui, monsieur.

— Il me vient une idée ; car cela vraiment m'afflige de vous voir ainsi désespérée...

» Supposez qu'au lieu de commander des contrebandiers, Mandrin ait sous ses ordres des soldats, qui sait s'il ne deviendrait pas, un jour, maréchal de France ?... Nous en manquons plutôt, en ce moment, et j'ai la conviction que Mandrin ne tarderait pas à récolter, avec les lauriers de la gloire, ce bâton de suprême commandement.

— Je le crois, moi aussi ! s'écriait Nicole, en un accent de naïve fierté.

— Pourquoi, poursuivait Voltaire, n'iriez-vous pas à Fontainebleau trouver votre cousine, la marquise de Pompadour ?... Je la crois fort capable d'obtenir du roi, non seulement la grâce de Mandrin, mais peut-être encore son brevet d'officier.

— Mais lui... accepterait-il ? objectait Nicole.

— Pourquoi pas ?

— Il est tellement attaché à son œuvre.

— Ne serait-ce pas pour lui le moyen, non seulement de la continuer, mais de l'achever ?

— Je ne comprends pas bien, monsieur.

— Je vais tâcher de mieux m'expliquer, ma petite... Vous savez combien j'admire votre mari... et combien je le félicite d'avoir enfin levé l'étendard de la révolte, et rendu un peu d'espoir et de courage aux pauvres gens.

» Franchement, je ne pense pas que la guerre qu'il a déclarée aux fermiers généraux puisse aboutir à une victoire décisive, c'est-à-dire à l'écrasement et à la disparition de ces véritables sangsues gorgées du sang de la France.

» Certes, j'ai la conviction que Mandrin est de taille à les gêner, à les inquiéter et même à les tenir longtemps en échec... Mais je doute que sa valeur et son intrépidité qui en font une véritable force de la nature, soient suffisamment destructives pour abolir un privilège que ces gens sont décidés à défendre avec d'autant plus d'énergie qu'ils disposent de ressources formidables. Toute la police n'est-elle pas à leur disposition ?... Demain, ce sera l'armée... et si je suis certain que Mandrin est de taille à échapper à ses adversaires, je n'en redoute pas moins, ne fût-ce que pour le succès de sa cause, l'issue d'une campagne qui ne peut être qu'un soulèvement magnifique, certes, mais momentané, et non point la puissante et fructueuse révolution dont le peuple de France attend son salut.

Vivement impressionnée par ce langage dont l'éloquence reposait sur les apparences d'une logique irréfutable et d'un merveilleux bon sens, Nicole, qui avait cessé de pleurer, répliquait avec effusion :

— Je ne saurais vous dire, monsieur, à quel point je vous suis reconnaissante de me parler ainsi... Vous venez de me rendre confiance... Mais, encore un coup, je me demande avec angoisse si Mandrin consentira à renier ses idées, à trahir sa cause.

— Il n'est point question de cela... protestait Voltaire ; Mandrin, au contraire, sûr de sa liberté... et entouré de cette auréole de gloire qu'il saura promptement conquérir, n'en aura que les coudées plus franches pour continuer, sous une autre forme, l'œuvre de salut qu'il a entreprise.

» Devenu un grand militaire, c'est-à-dire un personnage important dans l'Etat, auquel précisément font si grand défaut les hommes de bonne volonté et de beau caractère, il pourra reprendre en mains l'exécution de ses desseins... et parler cette fois non plus en révolté, mais en maître.

— Ah ! monsieur, s'écriait Nicole, pourquoi Mandrin n'est-il pas ici ?... Je suis sûre que, s'il vous entendait, il finirait peut-être par se convaincre que vous avez raison. Mais... hélas ! il est parti !... Vous ne pouvez rien... et avant qu'il ne se soit décidé, le malheur peut s'abattre sur lui... et cette fois, d'une façon irréparable.

» Vous vous doutez que Bouret d'Erigny doit être dans un état de colère indescriptible !

— Certes !...

— Il va donc mettre tout en œuvre pour se venger.

— C'est mon avis.

— L'important serait donc, avant tout, d'obtenir sa grâce.

— N'est-ce point le premier conseil que je vous ai donné ?

— Mais l'obtiendrai-je ?

— Vous êtes en bons termes avec votre cousine ?

— Excellents.

— Alors, tout va bien...

— Mais si le roi refuse ?

— Louis XV a pour principe d'accorder à la marquise tout ce qu'elle lui demande.

— En ce cas, il ne reste plus qu'à partir !

— A la bonne heure... je m'aperçois que vous n'êtes pas seulement une femme de cœur, mais aussi une personne de tête.

— Je veux sauver mon mari.

— Vous le sauverez !

Et Nicole, transfigurée par la volonté qui l'animait, s'écria :

— Monsieur de Voltaire, je n'oublierai jamais ce que vous avez fait pour lui... Seulement...

— Qu'y a-t-il ?

— Je pense à une chose : si Mandrin revient ici avant que je ne sois partie, il m'empêchera certainement de me rendre à Paris.

— C'est certain.

— Alors... si je m'en allais... tout de suite !

— Attendez au moins qu'il fasse jour... Demain matin, dès la première heure, mes serviteurs vous conduiront jusqu'à Chambéry où vous prendrez la diligence pour la France... En ce moment, la cour est à Fontainebleau... En cinq jours vous y serez... Mettons que vous restiez là-bas deux ou trois jours... Vous ne serez donc absente que deux semaines au plus... Et quelle joie, quel triomphe pour vous, si, comme j'en suis convaincu, vous revenez avec la grâce de Mandrin !

— Maintenant, je suis sûre de l'obtenir... s'écria Nicole... toute vibrante d'amour et d'espérance.

Tout à coup, sa jolie figure se voila de tristesse.

— Que va dire mon mari, fit-elle, lorsqu'il ne va plus me trouver ici ?

— Vous allez d'abord lui écrire une lettre, telle que votre cœur saura vous la dicter... Et puis, ne serai-je pas là pour lui expliquer le motif de votre départ et, j'y compte bien, pour le lui faire comprendre.

— Monsieur de Voltaire, vous êtes encore un plus grand homme que je ne le croyais !

— Et maintenant, un dernier avis... Vous venez de faire preuve d'un beau courage.

— Je sens maintenant que pour sauver Mandrin j'irais jusqu'au bout du monde !

— Je crois, ma chère enfant, que vous n'aurez pas besoin d'entreprendre un si long voyage... souriait paternellement Voltaire.

» Mais, en attendant, il faut ménager vos forces en vue de celui que vous avez à accomplir. Vous vous devez toute, en effet, à votre noble mission... Vous allez donc vous coucher bien tranquillement et dormir de même... Demain, Marton, qui est la moins stupide de mes servantes, vous réveillera vers les cinq heures... Elle vous aidera à revêtir un costume de voyage que vous découvrirez certainement parmi les défroques de feu la marquise... Il manquera peut-être d'élégance et sera certainement indigne de votre grâce et de votre beauté, mais peu importe, puisque, pour réussir, vous êtes décidée à tous les sacrifices !

— A tous !

— Je vous ferai remettre en même temps une bourse bien garnie.

— Oh ! monsieur, je ne puis...

— ... Dont votre mari me restituera le contenu.

— Alors, j'accepte.

— Reposez donc en paix, ma chère petite ; et permettez à votre vieil ami de déposer sur votre front si pur un baiser de vieux papa !

Et Voltaire s'en fut en se frottant les mains et en murmurant :

— Ce serait vraiment magnifique si, grâce à moi, Mandrin devenait une des grandes lumières de la France !

Quant à Nicole, après avoir quitté, non sans mélancolie, sa robe de mariée, elle se glissa entre les draps de toile fine qui fleuraient bon la lavande... et bientôt, brisée d'émotion, mais réconfortée par la décision que Voltaire avait su si habilement lui inspirer, elle s'endormait d'un profond sommeil.

Bientôt, Mandrin lui apparaissait en son pittoresque costume de capitaine, et lui tendait les bras... Vite, elle courait s'y réfugier... Mais au lieu d'un contrebandier, c'était un maréchal de France qu'elle étreignait tendrement, orgueilleusement.

Et jusqu'au matin, Nicole sourit à son beau rêve.

II

OU MANDRIN JOUE, UNE FOIS DE PLUS, UN BON TOUR A L'EXEMPT PISTOLET

Le lendemain matin, à la première heure, suivant les rigoureuses instructions de l'exempt Troplong, le sergent

Photo-film Cinéromans.

— *Pourquoi, demanda Voltaire, n'iriez-vous pas à Fontainebleau trouver la marquise de Pompadour ?*

Photo-film Cinémiques.

Avec une explosion de bruyante et cordiale gaieté, les contrebandiers accueillirent le retour de Tiennot, arraché par Mandrin aux gendarmes du sergent Cornebise.

2–V.

D'une plume alerte, l'exempt Troplong traçait le message que, rageusement, lui dictait Bouret d'Erigny.

Cornebise, accompagné de dix gendarmes, choisis parmi les plus résolus, quittait le château des Aigles, emmenant Tiennot, les menottes aux mains et les jambes à demi entravées.

Jusqu'au village de Saint-Martin, où, ainsi qu'il en avait été convenu, les gendarmes de Pistolet devaient remettre leur prisonnier à la brigade de cette localité, tout s'était passé sans le moindre incident.

Tiennot, qui semblait résigné à son sort, marchait silencieusement, sans laisser échapper la moindre parole, n'ayant même pas l'air d'entendre les quolibets que lui lançaient de temps en temps les hommes de son escorte.

Néanmoins le sergent Cornebise ne put réprimer un soupir de soulagement lorsque, après avoir atteint les premières maisons du village, il aperçut, devant la modeste habitation qui leur servait de caserne, son collègue en train de passer la revue des huit gendarmes qui devaient conduire Tiennot jusqu'au présidial de Grenoble.

La formalité fut d'ailleurs rapidement accomplie.

Après avoir donné à son collègue un papier reconnaissant que celui-ci lui avait remis le prisonnier ou plutôt la prisonnière, le sergent qui commandait la brigade de Saint-Martin proposait :

— Mon cher camarade, entrez donc vous rafraîchir un peu... Vous trouverez chez nous certain petit clairet qui vous remettra des fatigues de la route et vous permettra de vous en retourner chez vous le chapeau sur l'oreille.

Les deux sous-officiers échangèrent une cordiale poignée de main.

Le premier commanda à ses hommes, qui entouraient déjà Tiennot :

— En avant... marche !

Le petit cortège s'engagea sur le chemin des Echirolles, et le sergent Cornebise, content de s'en être tiré à si bon compte, pénétra dans la maison, avec ses gendarmes.

Tous eurent une exclamation de joie...

Sur la table, un large plat sur lequel s'étendait un jambon des plus appétissants, un énorme pain, une superbe motte de beurre doré et plusieurs pichets de vin mousseux semblaient ne plus attendre que les convives.

Décidément, à la brigade de Saint-Martin, on faisait royalement les choses.

Tandis que le sergent Cornebise et ses hommes s'installaient, sans la moindre hésitation, devant ces provisions... et s'apprêtaient à les faire disparaître avec cet appétit que procure toujours à des estomacs robustes et sains une longue course matinale, les gendarmes de Saint-Martin continuaient leur chemin, en encadrant Jeanne Destenave qui, toujours impassible, réussissait à dompter, grâce à un effort de sa volonté inlassable, la grande fatigue qui commençait à s'emparer d'elle.

Quel ne fut pas son étonnement lorsque, au bout d'un quart de lieue, le sous-officier qui commandait l'escorte, au lieu de continuer à suivre le chemin d'Eschirolles, fit brusquement s'engager sa petite troupe dans un sentier rocailleux qui grimpait vers la montagne, dans une direction opposée à Grenoble !

Pour rien au monde, elle n'eût voulu interroger ses gardiens. Pourtant, il lui sembla que plusieurs d'entre eux, sous leurs grosses moustaches, esquissaient un sourire, tout en se chuchotant à l'oreille des paroles qu'elle ne pouvait saisir. Et elle se demandait :

— Pistolet, convaincu que rien ne me fera parler, aurait-il donné l'ordre à ses gendarmes de se débarrasser de moi sans autre forme de procès ?

Mais, soudain, un cri lui échappa. Au détour du sentier... elle venait d'apercevoir, se détachant fièrement campée sur une roche isolée, la puissante silhouette de Mandrin.

Instantanément, à la profonde stupeur de Tiennot, les gendarmes qui l'escortaient présentaient les armes et Mandrin, dégringolait de sa roche, accourant vers Tiennot, la main tendue et le sourire aux lèvres.

— Je pense bien, lança-t-il, que tu n'as pas cru un seul instant que je t'avais abandonné.

— Capitaine !... s'écria Jeanne Destenave.

Et dans un élan de reconnaissance éperdue, elle se précipita vers Mandrin.

Fraternellement, celui-ci la serra dans ses bras et la débarrassa de ses menottes ; puis, lui montrant les faux gendarmes qui s'empressaient de se débarrasser de leurs perruques et d'arracher les grosses moustaches qu'ils s'étaient collées sous le nez, il scanda :

— Tu ne reconnais donc plus les amis ?...

Ce fut une explosion de franche gaieté... et Jeanne Destenave, tout en serrant les mains qui se tendaient vers elle, ne cessait de contempler Mandrin qui lui disait :

— Et maintenant, Tiennot, nous sommes quittes !

— Non, capitaine, répliquait-elle... C'est une nouvelle dette de gratitude que je viens de contracter envers vous... Croyez que je saurai m'en acquitter!...

— Je n'en doute pas, mon petit... Mais maintenant, vite à cheval... car on m'attend là-bas.

» Je te raconterai en route la suite de mon aventure... Apprends seulement que je suis le plus heureux des hommes !

A ces mots qui la déchiraient, Jeanne Destenave ne broncha pas... Et sautant lestement en selle sur un cheval que lui présentait un contrebandier... elle murmura :

— En échange de ce qu'il vient de faire pour moi, faites, mon Dieu, qu'il ne s'aperçoive jamais de ce que je souffre par lui !

... Pendant ce temps, le sergent Cornebise et ses hommes continuaient à faire bombance. L'un d'eux, s'apercevant que les brocs étaient vides, émit l'idée d'une petite excursion à la cave. Cette proposition fut acceptée à l'unanimité... mais elle allait donner lieu à un incident auquel les dignes représentants de la maréchaussée étaient loin de s'attendre.

Bientôt, en effet, de la cour intérieure s'élevait des cris :

— Venez... venez tous !

Le sergent Cornebise et ses hommes se précipitèrent au dehors. Debout, devant la porte ouverte d'un cellier, leur collègue, la figure décomposée, s'écriait en désignant le bâtiment :

— Ce hangar est plein de cadavres !

Affolé, le sergent Cornebise s'élança à l'intérieur du bâtiment. Tout de suite, il recula, épouvanté.

Des corps n'ayant plus pour tout vêtement qu'une chemise, gisaient sur le sol, rigides, immobiles, étroitement bâillonnés et ligotés.

— Qu'est-ce que cela veut dire ? grognait le sergent, que ses hommes avaient rejoint...

Et, reprenant ses esprits, il donna l'ordre de délier ces malheureux. Mais à peine un des gendarmes avait-il détaché le bâillon de l'un des captifs que celui-ci s'écriait :

— Il était temps que vous arriviez, sans quoi nous allions mourir étouffés !

— Qui êtes-vous donc ?

— Nous sommes les gendarmes de Saint-Martin !

C'était, en effet, toute la brigade qui gisait là, dans le plus simple appareil... D'une voix tremblante d'indignation et de colère, leur chef, le sergent Camuzard, en se remettant péniblement sur ses jambes, déclarait :

Photo-film Cinéromans.

Sur le chemin de Fontainebleau, les infortunés Malicet éprouvèrent les mésaventures les plus imprévues.

— Cette nuit, nous avons été surpris et attaqués par Mandrin qui nous a volé nos uniformes et nous a mis dans cet état.

— Alors, conclut le sergent Cornebise, c'est lui qui nous a subtilisé notre prisonnière !

— Comme de raison, appuya le sergent Camuzard qui, dans son costume ultra-léger, faisait, ainsi que ses hommes, plutôt piètre figure.

— Nous voilà dans de beaux draps, se lamentait Cornebise...

— Que faire ? se demandait Camuzard.

Cornebise réfléchit un instant.

— Il n'y a qu'un parti à prendre, déclara-t-il, courir au château des Aigles et prévenir sans retard l'exempt Troplong...

Et retrouvant toute son énergie, il s'écria :

— Allons, tous en route et vivement !

Le sergent Camuzard observait :

— Donnez-moi au moins le temps, ainsi qu'à mes hommes, de passer quelques vêtements... car nous ne pouvons pas nous présenter au château dans une tenue aussi indécente !

— Soit, mais dépêchez-vous !

Camuzard et ses gendarmes, à la fois penauds et furieux, se précipitèrent dans la maison.

Et le sergent Cornebise, gourmandant ses hommes incapables de résister plus longtemps à l'hilarité que leur causait la fâcheuse posture de leurs camarades, s'écriait :

— Il n'y a pas de quoi rire ! Car c'est toute la maréchaussée de France que Mandrin vient de couvrir de ridicule. Et c'est une insulte qu'elle ne lui pardonnera pas !

. . . .

Bouret d'Erigny, de plus en plus irrité de l'échec qu'il avait subi aux ruines de Saint-Barnabé, arpentait à grands pas son cabinet de travail du château des Aigles, tout en lançant à Pistolet qui, installé devant une table, traçait d'une plume alerte le message que lui dictait le fermier général :

« *A Monsieur le marquis d'Argenson,*
lieutenant de police,

» J'ai l'honneur de vous mander que l'insolence de Mandrin a dépassé toutes limites. Non content de piller et rançonner les caisses publiques, il a réussi à pénétrer jusqu'à mon château et à m'enlever ma femme le soir de mes noces. J'apprends à l'instant que, déjouant mes poursuites, il a passé la frontière au moment où je m'apprêtais à l'attaquer dans l'un de ses repaires. Pour réduire Mandrin à l'impuissance, nous aurions besoin d'une véritable armée... Aussi, monsieur le marquis, je vous prie instamment de nous envoyer sans délai les renforts nécessaires.

Mais l'arrivée du laquais interrompit Bouret d'Erigny.

— Monsieur le fermier général, annonçait le domestique, c'est le brigadier Cornebise qui désire parler tout de suite à M. l'exempt Troplong.

— Sans doute, observait ce dernier, vient-il me rendre compte de sa mission ?

— Qu'il entre !

Dès que Pistolet vit apparaître le sergent, à sa mine déconfite, il devina aussitôt qu'un événement fâcheux avait dû arriver.

— Monsieur le fermier général... monsieur l'exempt... bredouillait l'infortuné Cornebise... Mandrin... Mandrin...

Il s'arrêta... la gorge sèche et la bouche dépourvue de toute salive.

— Eh bien !... Qu'a-t-il encore fait ? interrompit Bouret d'Erigny.

— Il nous a enlevé notre prisonnier.

— Et vous êtes encore vivants ? s'exclama Pistolet.

D'un geste impérieux, Bouret imposait silence au policier... et empoignant le représentant de la maréchaussée par sa buffleterie, il lui dit :

— Expliquez-vous, en attendant que je vous fasse coffrer ainsi que tous vos camarades !

— Monsieur le fermier général, haletait le sergent, en deux mots voici : tout s'était très bien passé jusqu'à la brigade de Saint-Martin où, ainsi qu'en fait foi cette décharge, j'avais remis le prisonnier à mon collègue.

» Mais les gendarmes de Saint-Martin n'étaient pas des gendarmes.

— Qu'est-ce que vous me racontez-là ?

— C'étaient des bandits...

— Des bandits ?

— Parfaitement, monsieur le fermier général, des « Mandrin » qui, après avoir ligoté et bâillonné nos camarades de Saint-Martin et les avoir cachés au fond d'un cellier, leur avaient volé leurs uniformes et s'étaient présentés à nous à leur place.

— Tonnerre ! s'écriait Bouret hors de lui.

Et concentrant toute sa fureur contre le sieur Troplong, qui courbait le dos sous l'orage, il martela :

— Décidément, monsieur l'exempt, vous êtes un drôle de Pistolet ! Ah ! vous me la baillez belle, quand vous me demandiez vingt-quatre heures pour faire parler cette femme ! Non seulement elle ne vous a rien dit, mais la voilà évadée... marquant ainsi un point de plus, et quel point, à l'avantage de notre ennemi.

— Monsieur le fermier général, permettez...

— Je ne vous permets rien... coupait d'Erigny, d'un ton qui n'admettait pas de réplique.

» D'ailleurs je n'ai que faire de vos services... Je compte que le marquis d'Argenson ne manquera pas de m'envoyer promptement des renforts... car ce n'est pas avec une poignée de gendarmes et un policier tel que vous que nous viendrons à bout de toute cette racaille. En attendant, restez en ce pays ou retournez à Paris, peu m'importe, pourvu que je ne vous retrouve plus en ma présence !

— Alors vous me congédiez ?

— Je vous chasse !

— Soit ! monsieur le fermier général, s'écriait l'homme noir. Mais rappelez-vous ceci : c'est encore ce drôle de Pistolet qui, mieux que cinq cents fusils, mieux qu'une armée, vous ramènera votre femme et vous livrera Mandrin !

Et après s'être incliné jusqu'à terre, il s'éloigna, laissant Bouret d'Erigny tout abasourdi par cette incartade.

Le fermier général, qui avait oublié le sergent Cornebise, s'en fut rageusement s'installer devant sa table et acheva de sa propre main la lettre qu'il avait commencé de dicter à l'exempt.

« J'apprends, écrivit-il, à l'instant même que Mandrin vient de réussir à enlever aux gendarmes une de ses complices dont nous nous étions emparés. J'insiste donc, encore un coup, sur l'urgence qui s'impose d'en finir une bonne fois pour toutes avec ce bandit.

» Ses succès répétés ne font, en effet, que grandir l'enthousiasme du peuple... On crie ouvertement : « Vive le capitaine Mandrin !... » dans la campagne, par les villages et jusque sous les fenêtres de mon château.

» L'incendie allumé par ce misérable se propage de toutes parts de la façon la plus inquiétante et, s'il n'est pas promptement éteint, il ne tardera pas à gagner tout le pays. Il ne s'agira plus alors de réduire à merci un *révolté*, mais de combattre une *révolution* dont les conséquences peuvent provoquer d'irréparables désastres.

» Comptant sur votre appui énergique, je suis, monsieur le lieutenant de police, votre très humble et très obéissant serviteur.

» BOURET D'ERIGNY. »

Le fermier général, après avoir relu sa lettre, la plia et la cacheta avec soin. Puis, écrivant sur le pli l'adresse du marquis d'Argenson, en y joignant cette mention : « Confidentielle ! » il appela d'un ton bref, impératif :

— Sergent !

Le brave Cornebise, qui était resté dans son coin aussi immobile qu'une statue, tressauta :

— Monsieur le fermier général ?

— Vous allez immédiatement partir pour Fontainebleau.

— Pour Fon...fon...tai...ne...bleau, bégayait Cornebise, complètement ahuri.

— Vous galoperez jour et nuit et vous crèverez vingt chevaux en route, peu m'importe !...

» Mais il faut qu'avant quatre jours cette lettre soit parvenue entre les mains du lieutenant de police. Voici une bourse bien garnie qui vous donnera toute facilité pour votre voyage.

Prenant le message d'une main et la bourse de l'autre, le sergent, qui n'en croyait pas ses oreilles, demeurait bouche bée, les yeux ronds, en l'attitude nettement expressive d'un homme qui ne comprend rien à ce qui lui arrive.

— Qu'est-ce que vous attendez ? s'écriait M. Bouret d'Erigny en frappant du pied.

— Monsieur le fermier général, c'est bien à Fontainebleau, près de Paris, que vous me dites de me rendre ?

— Immédiatement !

— Mais c'est loin, très loin...

— Et après ?

— Est-ce qu'avant de partir je ne pourrais pas aller embrasser ma femme ?

— Allez embrasser qui vous voudrez, s'énervait Bouret d'Erigny... Mais retenez bien ceci : c'est aujourd'hui dimanche ; eh bien ! si, jeudi soir au plus tard, ma lettre n'est pas arrivée à destination, et je le saurai, je vous fais envoyer aux galères. Allez !

Le sergent Cornebise, littéralement ahuri, s'empressa de s'esquiver. Alors, donnant libre cours à sa rage, Bouret d'Erigny, s'emparant d'un magnifique vase de porcelaine de Chine placé sur son bureau, le jeta à terre où il se brisa en mille morceaux...

Et tout en grinçant des dents, il gronda, en un accès de haine délirante :

— C'est ainsi que je veux te voir, Mandrin... en morceaux, rompu par le bourreau et attaché à la roue, écartelé par les chevaux !

III

OU MANDRIN SE LIVRE A LUI-MÊME LA PLUS GRANDE BATAILLE DE SA VIE

Il était environ midi lorsque Mandrin, Tiennot et ses compagnons arrivèrent au château de Bon-Repos. Mandrin était rayonnant. Après avoir sauvé Tiennot, ainsi que le lui ordonnait sa conscience, il allait pouvoir maintenant donner libre essor aux élans de son cœur... Vite, il sauta à bas de son cheval et pénétra en coup de vent dans la maison sans s'occuper de personne. Dans le vestibule, il se heurta à un domestique qui lui remit une lettre en disant :

— De la part de Mme Mandrin !

— Qu'est-ce à dire ? s'écria le capitaine en pâlissant.

Fébrilement, il décacheta la missive sur laquelle Nicole avait tracé cette adresse :

Au capitaine Mandrin
en son château de Bon-Repos

En proie à une agitation qui n'allait pas tarder à se transformer en une immense douleur, il lut ce qui suit :

« Mon cher Louis,

» Ne crois pas que je t'aie abandonné. Plus que jamais je t'aime et je veux être à toi... Mais je me suis mis dans la tête de faire de toi un maréchal de France. Aussi viens-je de partir pour Fontainebleau... demander ta grâce au roi. Ne t'inquiète pas de moi, je reviendrai vite, très vite et, avec l'aide de Dieu et de ma cousine la marquise de Pompadour, je suis sûre que j'atteindrai mon but et que nous serons heureux.

» Je t'embrasse de tout mon cœur, de toute mon âme... A bientôt et à toujours !

» Ta femme pour la vie...

» NICOLE MANDRIN. »

— Non... ce n'est pas possible ! cherchait à se rassurer Mandrin... C'est une plaisanterie qu'elle a voulu me faire pour me punir de l'avoir quittée hier soir.

Et s'adressant au domestique qui semblait attendre ses ordres, il s'écria :

— Qui t'a remis cette lettre ?

— C'est Mme Mandrin.

— Quand cela ?

— Ce matin, à six heures.

— Où est-elle ?

— Elle est partie.

— Avec qui ?

— Toute seule.

— Tu te moques de moi, maroufle !

— Non, mon capitaine... je vous assure...

Déjà Mandrin, plantant là le laquais de M. de Voltaire... s'élançait dans l'escalier et en franchissait les degrés en quelques bonds. Puis, traversant le couloir, il ouvrait la porte de sa chambre où il entrait comme un furieux, bousculant les meubles, renversant le lit, ouvrant les placards, fourrageant la garde-robe.

Maintenant, il en avait la certitude... Nicole lui avait dit la vérité...

Alors, au paroxysme de la colère, il dégringola les escaliers quatre à quatre et bondit dans la grande salle où il se trouva en face de Voltaire qui parlait à Tiennot et que le Major et le Brutal venaient de lui présenter.

Mandrin marcha vers l'écrivain d'un pas précipité... Puis, lui tendant la lettre de sa femme, il s'écria d'une voix frémissante :

— Lisez... monsieur de Voltaire !

Voltaire, d'un rapide coup d'œil, parcourut le message ; puis le tendant à son interlocuteur, il fit simplement :

— Eh bien ! oui.

— Elle se moque de moi !... rugit le révolté.

— Mais non.

— Et tout ceci n'est qu'un prétexte pour se sauver et rejoindre le fermier général.

— Détrompez-vous !... s'écriait l'auteur de la *Henriade* avec autorité. Nicole vous aime, que dis-je, elle vous adore... Hier, je l'ai vue pleurer en pensant aux dangers que vous courez... En agissant de la sorte, je vous jure qu'elle n'a obéi qu'à l'élan de son cœur généreux qui vous appartient tout entier.

— Etiez-vous au courant de ce projet ? interrogea âprement le capitaine.

— Oui.

Et sur un ton de reproche, Mandrin scanda :

— Pourquoi ne l'en avez-vous pas dissuadée ?

Voltaire fut sur le point de répondre :

— C'est moi qui lui en ai donné l'idée !

Mais sentant bien qu'un tel aveu allait provoquer une de ces tempêtes qu'il ne croyait pas opportun de déchaîner, il répondit, avec un sourire

Photo-film Cinéromans.

— Lisez, monsieur de Voltaire ! s'écria Mandrin d'une voix frémissante en lui tendant la lettre de Nicole.

plein de bienveillance et de finesse :

— Vous savez bien, mon cher Mandrin, que ce que femme veut...

— Il fallait la retenir de force !

— C'était bien difficile !

— L'enfermer à clef dans sa chambre...

— Elle serait passée par la fenêtre.

Mandrin garda un instant le silence... On eût dit que les arguments de Voltaire l'avaient un peu calmé... Soudain, une flamme terrible illumina son regard et s'adressant à ses compagnons, il lança d'une voix éclatante :

— Camarades, en route !

— Où allez-vous ? interrogeait Voltaire.

— A la poursuite de Nicole !

— Mandrin, mon ami, je ne vous reconnais plus.

Alors, avec toute l'autorité de son génie, Voltaire fit gravement :

— Et votre œuvre, la ferez-vous passer après votre amour ?

Ces paroles, tombant d'une telle bouche, firent sur le justicier une impression décisive.

Instantanément, les muscles de son visage se détendirent. Les lueurs fulgurantes de ses yeux s'éteignirent et, avec un accent d'incomparable noblesse, il s'écria :

— Vous avez raison, monsieur, et je vous remercie de m'avoir rappelé à mon devoir. Que Nicole agisse donc à sa guise !

— Ne soyez pas irrité contre elle, reprenait Voltaire. Elle est parfaitement capable de vous rapporter votre grâce.

— Je ne suis pas à vendre.

— Vous en serez quitte pour la refuser.

Mandrin eut un sursaut qui prouvait que sa colère n'était pas entièrement calmée.

Voltaire se garda bien d'insister, se promettant, toutefois, au moment opportun, de chercher à convaincre le révolté et de lui faire comprendre qu'il était préférable pour lui de ne point mépriser le pardon royal et d'en tirer au contraire un grand parti pour le triomphe de ses idées... Il le laissa donc quitter la salle et gagner la terrasse...

Mandrin, en effet, éprouvait le besoin de demeurer seul. Assis sur un parapet qui dominait la route, il resta immobile... comme paralysé par une sorte de torpeur qui succédait à l'exaltation dont, un instant auparavant, il était encore animé... Et il se sentait d'autant plus pantelant et douloureux que c'était la femme aimée qui, inconsciemment, l'avait frappé ainsi...

Oui, la pauvre petite n'avait écouté que son amour... amour égoïste, certes, amour imprudent sans doute... mais amour si touchant, si sincère, que Mandrin, malgré toute sa volonté de rester lui-même, ne parvenait pas à se dégager de son emprise et se promettait déjà, presque malgré lui, et quoi qu'il arrivât, de n'avoir pour Nicole, lorsqu'elle accourrait dans ses bras, que des baisers et des mots de tendresse.

Et fermant les paupières, il s'absorba dans le joli rêve du retour... ne songeant plus qu'à elle, rien qu'à elle, évoquant ses yeux si clairs, ce front si chaste, son sourire si pur... qui l'avait ensorcelé au point de lui faire oublier sa mission de justicier.

Mais le remords de cette défaillance allait brusquement changer le cours de ses pensées...

Maintenant il se rappelait les visages surpris et attristés de ses compagnons sur lesquels il avait cru lire une sorte de reproche encore respectueux, mais qui était déjà pour lui un commencement de blâme... N'avait-il pas, en effet, compromis son prestige de chef, diminué l'admirable confiance de ses soldats, troublé leur infatigable dévouement, en leur imposant la présence d'une femme, de sa femme ?

Alors il éclata en reproches contre lui-même.

— En trahissant mon idée, se dit-il, je me suis trahi moi-même... Je suis un grand coupable, un grand criminel ! Et quand je devrais m'arracher le cœur de la poitrine, plus rien à présent ne me détournera de mon œuvre. Messieurs les fermiers généraux, vous n'en avez pas fini avec Mandrin !

Depuis un instant déjà, Tiennot, qui n'avait rien perdu de la scène qui s'était déroulée entre le philosophe et le capitaine, s'était glissé sur la terrasse.

Abrité derrière un massif, il observait attentivement Mandrin, s'efforçant de deviner ce qui se passait en lui et guettant l'occasion de lui prouver, en cette heure de si cruelle épreuve, qu'elle était là, et que, plus que jamais, il pouvait compter sur son attachement fidèle.

Mais Tiennot n'avait d'ailleurs pas tardé, en présence de celui qu'elle aimait, à redevenir Jeanne Destenave, c'est-à-dire une femme éperdument éprise.

D'ailleurs en ce moment tout ne semblait-il pas favoriser son secret dessein de s'emparer à son tour exclusivement de ce cœur torturé ?...

Le départ de Nicole ne lui donnait-il pas un important avantage ?... Puis, à la colère qui avait empoigné le capitaine, elle avait tout de suite saisi que celui-ci en voulait terriblement à Nicole, non pas seulement de l'avoir quitté si brusquement, mais encore et surtout de s'être arrogé le droit, sans le consulter, de solliciter sa grâce. Et avec toutes les apparences d'une rigoureuse logique, elle en conclut que l'amour de Mandrin pour sa femme ne pouvait en avoir subi qu'une très grave atteinte...

Alors un grand espoir l'éclaira de son allégresse. Et malgré toute sa volonté de laisser encore ignorer à Mandrin la passion qu'il lui avait inspirée, elle ne put résister au désir de s'approcher de lui, de le contempler de plus près, de guetter sur son visage les expressions capables de grandir encore la demi-certitude qu'elle avait à présent d'être un jour la plus forte...

— Capitaine, fit-elle d'une voix dont elle cherchait à atténuer le frémissement.

Mandrin eut un léger sursaut ; et apercevant Tiennot, il fit d'un air sombre :

— Ah ! tu étais là ?

— J'ai songé que je ne vous avais pas suffisamment remercié.

Mandrin eut un geste nerveux, agacé.

— Vous m'en voulez ? reprenait Tiennot.

— Pourquoi ? reprenait le capitaine d'une voix rude.

— Parce que c'est à cause de moi que tout est arrivé...

— Qu'est-ce qui est arrivé ?

— Mais... que votre femme...

— Laisse-moi en paix avec toutes ces histoires, interrompait le capitaine avec fougue.

» Et si tu veux connaître tout le fond de ma pensée, sache, Tiennot, que je suis assez maître de moi pour ne pas m'attarder à des regrets puérils et à des sentiments inutiles... Il n'y a plus ici que le capitaine Mandrin !...

Et sans rien ajouter, il s'éloigna, laissant Jeanne Destenave convaincue qu'il venait de prononcer contre Nicole une condamnation immuable. Alors, en proie à une sorte de délire, elle se précipita vers le château, laissant échapper de ses lèvres brûlantes :

— Maintenant, j'en suis sûre, il m'aimera !

Mandrin, quelque peu réconcilié avec lui-même par l'énergie morale dont il venait de faire preuve et persuadé que désormais rien ne pourrait le détourner du chemin qu'il s'était tracé, éprouvait le besoin de détendre ses nerfs et de rafraîchir son sang, en une promenade solitaire à travers cette belle montagne où il aimait à s'isoler...

C'est ainsi qu'il préparait les plans

Photo-film Cinéromans.

— Pouvez-vous, demanda Bouret, me dire quand ma femme est partie ?

Photo film Cinéromans

— *Je viens de l'au-delà pour reprendre l'argent des malheureux, dit l'un des fantômes d'une voix sépulcrale.*

de ses expéditions audacieuses, en la sécurité d'un décor qu'il savait inaccessible à ses ennemis, en tête à tête avec cette nature dont la grandeur et la beauté formaient de si purs contrastes avec les laideurs et les vilenies d'une société qui lui inspirait autant d'horreur que de haine.

Oui, ainsi qu'il venait d'en décider, dès le lendemain, il frapperait un grand coup. Un tas de projets plus audacieux les uns que les autres tourbillonnaient dans son esprit. Mais il ne s'était encore arrêté à aucun... Il voulait, comme toujours, chercher, creuser, travailler, un acte formidable qui, en semant la terreur au camp de ses ennemis, rehausserait sa gloire d'un nouvel et incomparable éclat.

Quelle fière réponse ce serait au geste inconsidéré de Nicole !... Et quel apaisement ce haut fait retentissant, couronné par une victoire splendide, apporterait à sa conscience non encore entièrement débarrassée de tout remords... L'aigle, avant de se précipiter dans la plaine, allait planer audessus des cimes, d'où son œil perçant lui ferait découvrir la proie à terrasser, à enlever... et à distribuer ensuite à tous ceux qui avaient faim.

Emporté par cet élan qui lui faisait oublier ses angoisses d'amant, il franchit la grille du château et s'engagea dans un chemin qui conduisait à la montagne... lorsque tout à coup il s'arrêta, les sourcils froncés.

Un char rustique, escorté de Mi-Carême et de Carnaval, venait d'apparaître, attelé d'une solide jument de labour qui, le collier tendu, et couverte de sueur, traînait péniblement M. et Mme Malicet... entre lesquels disparaissait littéralement la soubrette Martine.

Ce spectacle grotesque le ramena à la réalité... et tandis qu'un sourire amer plissait ses lèvres, il grommela :

— Ceux-là peuvent se vanter d'arriver à propos... Ils vont être bien reçus.

Mais les Malicet, qui avaient déjà reconnu le capitaine, descendaient de leur char, décidés de faire malgré tout bonne figure à celui qui leur avait enlevé leur fille... En route, en effet, Thérèse avait longuement réfléchi, et le fruit de ses méditations avait été que d'abord Mandrin était une sorte de puissance surnaturelle contre laquelle il eût été fort imprudent de se révolter... et qu'ensuite, puisque le curé de Beaujeu avait consenti à bénir le mariage de sa fille avec le capitaine, il n'y avait pas de raison pour qu'elle se montrât envers son enfant plus sévère que le représentant de Dieu.

Ajoutons que Mi-Carême et Carnaval, pendant toute la route, n'avaient pas cessé de leur vanter la belle âme de leur chef, de leur affirmer qu'ils trouveraient en lui un gendre tel qu'il n'y en avait pas deux dans le royaume de France et de Navarre et qu'en sécurité dans ce duché de Savoie, interdit aux soldats et aux gendarmes du roi de France, ils allaient mener une vie de château infiniment agréable.

Et voilà pourquoi, à défaut d'un rameau d'olivier à la main, la bonne Mme Malicet s'avançait vers Mandrin, la bouche en cœur et le regard plein de mansuétude maternelle.

— Capitaine, attaqua-t-elle... j'ai appris toute la vérité ; et croyez qu'il ne me reste rien du léger malentendu qui s'est élevé entre nous, faute de se connaître...

Et l'excellente femme, qui avait préparé d'avance tout un petit discours, continuait :

— Maintenant, je sais qui vous êtes et ce que vous valez...

Mais elle s'arrêta toute troublée.

Au lieu du gendre empressé qu'elle s'attendait à rencontrer, elle se trouvait en face d'un homme à la mine nettement hostile.

Cet accueil réfrigérant lui coupa net la parole.

— Et Nicole ? balbutia-t-elle.

— Votre fille ! répliquait Mandrin, elle est partie pour Fontainebleau !

— Pour Fontainebleau... répétait Thérèse... C'est impossible !

— Je vous dis que Nicole est partie... martela Mandrin avec un tel accent que Mme Malicet en recula d'épouvante, renversant à moitié sous le choc de sa masse imposante la jeune Martine, qui était accourue près d'elle.

Et Mandrin achevait sur un ton d'ironie :

— Il paraît qu'elle est allée retrouver sa cousine, la marquise de Pompadour, pour lui demander, je ne sais trop quoi... ma grâce... m'a-t-on dit !

— La pauvre petite... se lamentait Agénor.

— Et vous l'avez laissée partir ! s'exclamait Thérèse qui, non sans peine, avait reconquis son aplomb.

— C'est à moi que vous osez dire cela !... menaçait Mandrin.

— Mais il me semble...

— Assez ! Laissez-moi tranquille !... Allez où vous voudrez... au diable !... Je ne veux plus entendre parler de vous... et si je vous retrouve sur ma route, je vous fais flanquer tous deux dans une oubliette !

Et Mandrin s'éloigna, enfonçant son chapeau sur l'oreille et abandonnant les époux Malicet à leur malheureux sort !

A en juger par leurs figures bouleversées, leurs réflexions étaient plutôt amères.

— Nicole à Fontainebleau !... murmurait Thérèse...

— Mon Dieu ! Qu'allons-nous devenir ?... Qu'allons-nous faire ? se lamentait le bonhomme.

— Eh bien !... décidait Mme Malicet, partons pour Fontainebleau.

— Tous les deux ?

— Tous les trois ! appuyait la commère, en désignant Martine.

— Quand cela ?

— Tout de suite.

— Mais, bonne amie, tu ne songes pas...

— Monsieur Malicet, il s'agit de tenir tête à la destinée qui s'acharne après nous, et non de nous conduire en poules mouillées.

» Hier, notre premier gendre, M. Bouret d'Erigny, parlait de nous envoyer en prison ; aujourd'hui, notre nouveau gendre nous menace de nous faire disparaître dans une oubliette... Décidément, l'air de ce pays ne nous vaut plus rien... S'il vous plaît d'aller dormir votre dernier sommeil au fond d'un puits, au milieu des rats, des crapauds et des serpents, à votre guise ! Quant à moi, j'en ai assez ! Je pars retrouver, moi aussi, ma cousine, me placer sous sa protection... et si, pour être tranquille, il me faut à la fois la tête de Bouret et celle de Mandrin, eh bien ! je les lui demanderai toutes les deux... et je les obtiendrai.. foi de Poisson... je vous le jure !

Stimulé par cette virulente diatribe, M. Malicet s'empressa de regrimper dans le char... et Mme Malicet, s'installant auprès de lui, s'empara des guides... Tandis que Martine se blottissait derrière elle, en brandissant son fouet dans la direction du château de M. de Voltaire, elle décréta :

— Et maintenant... en route !

— Bon voyage !... lancèrent simultanément les deux contrebandiers en se tenant les côtes.

Sous la pression vigoureuse de la conductrice, la jument fit demi-tour... et le lourd véhicule, lentement, disparut cahin-caha, dans la direction de la frontière.

— Ils ne sont pas encore arrivés ! déclarait Mi-Carême.

— En attendant, soupira Carnaval, ils auraient bien pu nous laisser leur servante.

— Tais-toi, passionné... coupait Mi-

Carême... des femmes, chez nous, il n'en faut pas...

Et presque gravement, il ajouta :

— J'ai grand'peur que cette histoire-là ne porte pas bonheur au capitaine !

IV

OU L'ON VOIT QUE PISTOLET EST LOIN D'AVOIR BRULÉ SES DERNIÈRES CARTOUCHES

L'étude de Me Topinet, notaire, prenait jour dans une des plus vieilles rues de Grenoble. C'était une maison d'apparence austère, aux fenêtres garnies de solides barreaux de fer, à la porte d'entrée en chêne peint en vert sombre et garnie de clous et de ferrures qui achevaient de donner à cette demeure l'aspect d'une vieille geôle.

Ce jour-là, vers dix heures du matin, un homme vêtu de noir, à l'air grave, préoccupé, soulevait le heurtoir en fonte accroché à l'aide de deux tourillons à l'un des vantaux et le laissait retomber par deux fois sur un bouton de métal incrusté dans le bois.

Quelques instants après, un pas traînant se faisait entendre à l'intérieur... L'huis s'entre-bâillait discrètement, laissant apparaître la tête d'un vieux clerc momifiée par de nombreux lustres de scribouilleries monotones... et une voix de crécelle interrogea :

— Qui demandez-vous ?

— Me Topinet, déclarait le visiteur.

— C'est pour une affaire personnelle ?

— Aussi personnelle qu'importante.

— Alors, entrez.

Le gratte-papier fit pénétrer l'homme en noir dans un couloir dont les murs disparaissaient sous des affiches judiciaires... Puis, il l'introduisit dans une petite pièce obscure, uniquement meublée d'une table recouverte d'un tapis poussiéreux et de quelques chaises boiteuses.

— Qui dois-je annoncer à Me Topinet ? interrogea le clerc en clignant des yeux derrière ses bésicles.

— L'exempt Troplong.

— Ah ! c'est vous, monsieur ! s'exclama le clerc en joignant les mains avec admiration.

» C'est bien vous, n'est-ce pas, qu'on a envoyé pour arrêter ce bandit de Mandrin ?

— Oui, oui, c'est moi.

— Soyez le bienvenu, monsieur l'exempt. Dans notre maison, nous n'aimons guère ce bandit et nous redoutons toujours une attaque de sa part... N'est-il point capable de tout ? Voyez-vous qu'il s'en vienne, une nuit, enlever notre caisse et nous égorger tous !

» Mais maintenant que vous donnez la chasse à cet assassin... nous sommes plus tranquilles. Monsieur l'exempt, voulez-vous me permettre de vous serrer la main ?

— Très volontiers, mon ami ! Mais soyez assez bon pour prévenir tout de suite Me Topinet.

— J'y vais, monsieur l'exempt, j'y vais.

» Alors, vous comptez bientôt vous emparer de ce gredin ?

— Certainement.

— Nous ne vous en aurons jamais assez de reconnaissance... Aussi vais-je tout de suite avertir Me Topinet de votre présence... Je suis persuadé qu'il sera, lui aussi, très flatté de faire votre connaissance. Ce matin, il me disait précisément...

— Allez, mais allez donc ! monsieur le clerc, s'énervait l'exempt, en poussant le gratte-papier vers la porte.

Deux minutes après, Me Topinet apparaissait en personne et priait, avec une courtoisie, un peu solennelle, l'exempt Troplong de pénétrer dans son cabinet.

Me Topinet appartenait à une famille dont depuis un temps immémorial le fils aîné, même avant sa naissance, est destiné à être notaire... Imprégné de l'atmosphère plusieurs fois séculaire de l'étude ancestrale, il considérait sa fonction comme une véritable magistrature et incarnait le type du parfait tabellion de province...

D'un geste plein de bienveillante condescendance, Me Topinet indiquait à Pistolet un siège placé en face de son bureau encombré de paperasses et devant lequel il s'installa...

Et tout en se carrant dans son fauteuil Louis XIII, en une attitude digne d'un président au Parlement, il invita d'un ton majestueux :

— Monsieur l'exempt, voulez-vous me faire savoir ce qui me procure l'honneur de votre visite ?...

— Mon cher maître, répliquait l'homme noir avec son plus agréable sourire... l'on m'a dit que vous étiez le dépositaire de tous les titres, papiers de famille et documents divers qui concernent le vieux château de Saint-Barnabé.

— On vous a fort bien renseigné, monsieur l'exempt, répliquait le tabellion.

— Vous n'ignorez pas, sans doute, que Mandrin s'est emparé des ruines de Saint-Barnabé et qu'il y a même établi son quartier général.

— Je le sais !

— J'ai donc besoin de prendre connaissance des plans du dit château et je vous demande d'avoir l'obligeance de les mettre à ma disposition, afin que je puisse les examiner en votre présence.

— Monsieur l'exempt, reprenait Me Topinet, croyez que je me ferais tout à la fois un devoir et un plaisir de vous faciliter votre tâche ; mais, malheureusement, cela m'est impossible.

— Puis-je vous demander pourquoi, cher maître ?

— Une tradition qui a toujours fait force de loi nous interdit, à nous, notaires, de communiquer les archives déposées dans nos études à toute personne étrangère, à moins que nous n'en ayons reçu l'autorisation des intéressés.

» Or, le propriétaire actuel du château ou plutôt des ruines de Saint-Barnabé a depuis longtemps quitté le pays... Je crois qu'il réside en Angleterre... et je crains que les démarches que nous pourrions tenter pour l'atteindre ne soient aussi longues qu'inutiles.

Pistolet répondait :

— Ne vous embarrassez pas, mon cher maître, de complications épistolaires. J'ai sur moi un document qui va, immédiatement, en dégageant votre responsabilité, apaiser vos justes scrupules... Voici !

Pistolet tira de ses poches un parchemin marqué au sceau en cire rouge du lieutenant de police, et il le tendit au tabellion qui, assujettissant ses lunettes, lut ce qui suit :

« Ordre à tous les sujets du roi de
» France de secourir et de prêter main-
» forte en toute occasion au sieur
» Troplong, exempt de notre police, et
» spécialement chargé de la capture du
» bandit Mandrin.

» Signé : Marquis D'ARGENSON. »

Le notaire examina attentivement le document qui portait tous les signes d'une authenticité parfaite. Puis il déclara :

— Vous avez raison... Je n'ai qu'à m'incliner devant cet ordre aussi légal que péremptoire... Je vais donc immédiatement mettre à votre disposition tout ce que je possède au sujet du château de Saint-Barnabé, titres de propriété, actes de vente, etc., etc.

Et se dirigeant vers un immense bahut placé au fond de son cabinet, Mᵉ Topinet l'ouvrit à deux battants. Le meuble était rempli de dossiers méticuleusement rangés et soigneusement étiquetés... Le tabellion, non sans peine, finit par découvrir, en dessous d'une pile, celui que Pistolet désirait consulter... et l'apportant sur sa table, il fit, en le déposant devant l'homme noir :

— Monsieur l'exempt, cherchez !

— Je vous remercie, mon cher maître.

Pistolet se mit à feuilleter avec la plus grande attention toutes les liasses de papiers, tout le fatras de grimoires, à l'encre aux trois quarts passée... sans y trouver d'ailleurs le moindre renseignement utile.

Découragé, il allait abandonner sa besogne... lorsque, en feuilletant un cahier poudreux qui portait sur sa couverture en parchemin ces mots tracés en caractères gothiques : « *Pour servir à l'histoire du château de Saint-Barnabé* », il laissa échapper un véritable cri de joie. Il venait de découvrir, relié dans le cahier et plié en quatre, le plan complet et détaillé du vieux manoir.

L'étalant soigneusement devant lui, il commença par rechercher l'emplacement de la chapelle qu'il découvrit, très nettement dessinée dans toutes ses parties, entrée principale, entrées latérales, nef, bas-côtés, chœur, sacristie... Observant qu'à côté du maître-autel l'architecte avait tracé la lettre S, il se reporta à la légende inscrite en marge du plan... En face de la lettre était écrit le mot « souterrain ».

Pistolet eut un sursaut de triomphe.

— Allons, murmura-t-il, je ne m'étais pas trompé ! C'est bien par là que Mandrin et sa bande nous ont échappé... Il s'agit maintenant de découvrir l'entrée de ce souterrain... En attendant, pas un mot à personne, même à cet excellent tabellion qui, pour se donner de l'importance, serait parfaitement capable de se livrer à quelque fâcheuse et involontaire indiscrétion.

Et tout haut, il reprit :

— Mon cher maître, il ne me reste plus qu'à vous remercier de votre aimable obligeance.

— Auriez-vous trouvé quelque indice intéressant ? questionnait Mᵉ Topinet en un élan de curiosité toute naturelle.

— Hélas ! non, mon cher maître ! répliqua prudemment le policier.

— C'est dommage !

— Oui, c'est grand dommage, mais je ne me tiens pas pour battu... J'ai résolu de débarrasser notre beau pays de ce monstre... J'aurai sa peau, ou il aura la mienne.

Tous deux échangèrent un salut cérémonieux...

Mᵉ Topinet lui-même tint à reconduire jusqu'à sa porte le sieur Pistolet.

Celui-ci, très pressé de recueillir les fruits de son inestimable découverte, s'en fut aussitôt faire l'acquisition d'une lanterne sourde et de quelques outils. Puis il se rendit chez un loueur de voitures auquel il demanda de le conduire au village de Lormais, situé à environ un quart de lieue des ruines.

Arrivé là, il renvoya son équipage et s'installa dans une auberge, déclarant qu'il avait l'intention d'y passer quelques jours... Puis, évitant avec soin de se montrer en public, — car il se méfiait des espions de Mandrin, — il s'enferma dans sa chambre, y demeura tout le restant de l'après-midi, s'y fit même servir à souper et, à la tombée de la nuit, se glissa au dehors, sans éveiller l'attention de personne et gagna à pied les ruines.

Pistolet ne se dissimulait pas les risques de son expédition... Mandrin, en effet, pouvait très bien avoir laissé en observation dans ce repaire quelques-uns de ses soldats... Aussi, le policier s'était-il demandé s'il ne se ferait pas accompagner... Mais il réfléchit que, seul, il avait plus de chances de passer inaperçu que s'il était flanqué d'un peloton de gendarmes.

Enveloppé dans un vaste manteau noir, qui lui permettait de se confondre avec les ténèbres, Pistolet atteignit, sans avoir rencontré personne, le raidillon qui donnait accès aux ruines... Il s'arrêta, flairant le vent, tel un limier en quête... Autour de lui, l'obscurité était presque complète... Le ciel était chargé de gros nuages derrière lesquels la lune dissimulait son masque d'argent... Il ne distinguait même pas la masse, si imposante durant le jour, des bâtiments écroulés qui étaient l'objet de sa nocturne visite.

Pistolet s'engagea dans le sentier. Marchant à pas feutrés au milieu d'un profond silence, il atteignit bientôt la grande cour... écouta de nouveau... Rien... toujours rien... sauf de rares chauves-souris qui voletaient en cercle et les ululements d'un couple de hiboux qui, juchés sur le bord d'un créneau, battaient des ailes et s'apprêtaient à prendre leur essor vers la plaine.

Rampant le long des murs, l'exempt atteignit la chapelle... et poussa la vieille grille dont les grincements sinistres, accompagnés d'un bruit de ferraille, firent s'envoler sourdement les deux oiseaux de nuit.

L'exempt se figea dans une immobilité complète... Il attendit quelques minutes, la main sur la crosse de l'un des pistolets suspendus à sa poitrine... prêt à se défendre au cas où quelque contrebandier, réveillé par le tapage, viendrait lui demander des comptes... Quelques instants s'écoulèrent ainsi sans qu'aucune ombre suspecte ne lui apparût.

Maintenant, Pistolet était complètement rassuré. Les ruines de Saint-Barnabé étaient entièrement inhabitées. Il allait pouvoir travailler à son aise.

Ecartant largement son manteau, sous lequel il dissimulait une besace assez volumineuse, il en retira sa lanterne sourde qu'il alluma à l'aide d'un briquet soufré... Puis il se dirigea vers le maître-autel... et prenant dans son sac un marteau et un levier, il commença à sonder les dalles environnantes... Bientôt, l'une d'elles rendit un son creux qui lui permit de conclure qu'elle devait dissimuler l'entrée du souterrain... Il ne voulut pas s'attarder à rechercher le mécanisme secret qui devait la faire basculer. Et s'emparant de son levier, il chercha à la desceller. Longtemps la pierre lui résista avec cette force d'inertie qui n'appartient vraiment qu'aux choses inanimées. Mais Pistolet était tenace... Pendant plus d'une heure, il s'acharna... suant sang et eau, s'arrêtant pour s'éponger le front et reprendre haleine, reprenant son courage, multipliant les pesées... avec une telle énergie que ses efforts furent enfin couronnés de succès... et la dalle se souleva, laissant apparaître l'ouverture béante qui formait l'entrée du souterrain.

Pistolet eut un sourire d'allégresse. Prenant dans sa besace une gourde remplie d'eau-de-vie, il en avala quelques gorgées et, sa lanterne à la main, son sac sur le dos, il s'enfonça dans l'étroit escalier qui s'enfonçait dans le sol, accomplissant à pas mesurés le trajet que Mandrin, sa femme et ses amis avaient effectué la veille... Au bout d'une demi-heure, il aboutissait à une sorte de palier, devant une porte... celle par laquelle Mandrin avait pénétré dans le château de M. de Voltaire.

Mais si Mandrin avait réussi à l'ouvrir sans grande difficulté, il n'en fut pas de même pour Pistolet.

Le capitaine, en effet, en homme de précaution qui ne négligeait aucun détail, avait immédiatement fait barricader intérieurement cette issue, de telle sorte qu'au cas où le secret du souterrain serait découvert par ses ennemis, il fût à l'abri de toute surprise.

Pistolet eut un geste de rage.

— Il est sur ses gardes, grommela-t-il... J'aurais dû m'en douter !

Mais il n'était pas homme à se décourager, même en face d'un obstacle qui lui semblait infranchissable, ni à se déclarer vaincu avant d'avoir épuisé toutes les ressources de son intelligence si spécialement avertie.

Avant de battre en retraite, il voulait épuiser tous les moyens qui étaient en son pouvoir et, lentement, il promena autour de lui les reflets de la lanterne... Bien lui en prit, car il fit presque aussitôt une découverte qui ne fut pas sans lui donner beaucoup d'espoir.

L'escalier qu'il venait de gravir, après s'être arrêté sur un palier en rotonde, continuait son ascension vers les étages du château.

Poussé par une irrésistible curiosité, dédaigneux des surprises dangereuses qui pouvaient l'attendre, il s'y engagea délibérément.

L'escalier, en colimaçon, et qui avait dû être pratiqué dans l'épaisseur d'une forte muraille, se rétrécissait considérablement, ne laissant place qu'à une seule personne.

Pistolet en conclut fort logiquement que le premier était utilisé soit pour ravitailler le château en cas de siège ou pour permettre à la garnison assiégée de s'enfuir avant le dernier assaut ; que le second était uniquement réservé aux seigneurs de Bon-Repos... et que, par conséquent, il devait aboutir à ses appartements particuliers où il était fort possible que Mandrin eût installé ses pénates.

Or, Pistolet excellait dans l'art de se faufiler dans les endroits les plus fermés et de surprendre les conversations les plus secrètes...

Il se dit qu'il ne devait pas manquer dans ce château de cabinets, de placards, d'armoires, de meubles dans lesquels il lui serait aisé de se cacher... Le tout était d'entrer. Mais... entrerait-il ? Et, non sans inquiétude, Pistolet réfléchit que Mandrin n'avait pas dû manquer de faire barricader la seconde issue ainsi qu'il l'avait fait pour la première. Alors, il eut l'impression que, pour la seconde fois, il se trouvait devant une porte toute bardée de ferrures et sans aucune serrure apparente et qu'il se heurtait à un obstacle infranchissable.

Mais voici qu'en approchant de plus près sa lanterne de la porte, il remarqua qu'elle ne s'encastrait pas absolument dans la muraille et qu'un léger interstice pouvait lui permettre d'exercer sur le vantail une certaine pesée. Sortant de sa besace un ciseau à froid, il l'introduisit dans la fissure et, à sa grande stupeur, dès son premier effort, la porte tourna sur ses gonds, sans faire le moindre bruit.

— Ah ! par exemple, se dit le policier, voilà qui va infiniment mieux. Mais comment diable Mandrin a-t-il pu laisser ce passage libre ?

Pistolet, en effet, ne pouvait savoir deux choses : la première, c'est que le capitaine ignorait l'existence de cette entrée secrète ; la seconde, c'est que le passage n'avait jamais cessé d'être utilisé du vivant de Mme de Monferrat par ses serviteurs, qui en avaient fait une sorte d'escalier de service.

L'exempt acheva d'ouvrir la porte... et fit quelques pas... Il se trouvait dans un couloir obscur au fond duquel, à fleur du sol, brillait un rais de lumière. Eteignant prudemment sa lanterne, il continua à avancer et se trouva bientôt dans la garde-robe de la marquise.

Les placards, tout grands ouverts, laissaient apercevoir un assortiment de défroques défraîchies, dont quelques échantillons traînaient pêle-mêle sur une table.

L'exempt constata alors que le rais de lumière qu'il avait aperçu de loin s'infiltrait sous une tenture qu'il écarta avec précaution.

Un spectacle aussi étrange qu'inattendu le frappa. Assise devant une glace, une femme revêtue d'une robe à l'élégance plutôt surannée achevait de se coiffer... Pistolet eut un léger tressaillement, il venait de reconnaître Jeanne Destenave.

Mais presque aussitôt, il laissa retomber le pan du rideau... Une porte venait de s'ouvrir brusquement...

Et Mandrin apparut sur le seuil.

V

LE DÉMON TENTATEUR

— Nicole ! s'écriait le révolté en se précipitant le cœur battant vers la femme installée devant la glace.

Celle-ci se retournait, bouleversée par l'approche du capitaine.

Avec l'accent de la colère que déchaînait en lui sa cruelle et brève méprise, le capitaine s'écriait :

— Tiennot !... toi, ici... toi... en femme !... Après ce que j'avais exigé de toi ! Après ce que tu m'avais promis !...

Douloureusement, Jeanne Destenave courba le front... Puis elle murmura :

— Vous me trouvez donc bien laide ainsi ?

Mandrin s'approcha d'elle... et longuement la regarda, visiblement impressionné par l'étrange beauté de celle qui, pour la première fois, se révélait à lui vraiment femme... Puis il reprit d'une voix moins courroucée :

— Pourquoi m'as-tu désobéi ?

La pauvre fille l'enveloppa d'un regard qui exprimait mieux que n'importe quelle parole toute son amoureuse détresse.

— Pardonnez-moi, murmura-t-elle en tendant les mains vers Mandrin.

Celui-ci la repoussa brusquement...

Et sèchement, il déclarait :

— Je n'admets pas qu'on enfreigne mes ordres !

— Capitaine ! haletait la malheureuse qui sentait son secret sur le point de lui échapper.

— Qu'est-ce encore ? scandait Mandrin, avec ses sourcils froncés des mauvaises heures.

— Capitaine... s'écriait Jeanne... ayez pitié de moi !...

Mandrin devina-t-il la passion qu'il avait inspirée à cette femme ou bien, se méprenant sur le ton et l'attitude de celle qui l'implorait, crut-il qu'elle lui demandait d'oublier sa désobéissance ?

Toujours est-il qu'il demeura impassible, ne laissant rien voir de ce qui se passait en lui, si ce n'est une irritation qui augmentait encore l'affreux désarroi de Jeanne... Et la dominant de son regard impérieux, il dit :

— Reprends tes vêtements masculins et ne t'avise pas de recommencer une pareille mascarade !

Ce dernier trait acheva de détruire la dernière illusion de Jeanne Destenave qui s'effondra sur un siège, toute pâle, prête à défaillir et s'imposant, pour ne pas pleurer devant Mandrin, le plus violent effort qu'eût jamais connu sa volonté.

Mais déjà Mandrin avait disparu en claquant la porte. En un geste instinctif, inconscient, Jeanne se précipita en criant :

— Capitaine... Capitaine !

Mais l'écho de pas martelés résonnant sur la dalle et s'éloignant rapidement répondit seul à cet appel déchirant.

Alors, éclatant en sanglots, elle s'écria tout en déchirant son corsage :

Photo-film Cinéromans.

— Je suis heureux, monsieur de Voltaire, de pouvoir vous payer les cent écus que vous m'avez gagnés.

Photo-film Cinéromans.

Les contrebandiers avaient suivi, avec un intérêt passionné, la partie de dés qu[illegible]disputait entre Mandrin et M. de Voltaire, car un enjeu de cent écus était engagé.

Photo-film Cinéromans.

Auprès de la marquise de Pompadour, Louis XV oubliait son éternel ennui.

— Oh ! cette Nicole... comme je la haïs ! comme je la haïs !

Soudain, sa voix s'étrangla dans sa gorge... Son regard s'agrandit en une expression d'indicible horreur...

L'exempt Troplong était devant elle.

— Silence ! imposa-t-il en mettant un doigt sur sa bouche.

Et profitant de la stupeur dans laquelle la jeune fille était plongée, il s'approcha d'elle et, lui prenant doucement la main, il fit d'un air hypocrite :

— N'ayez aucune crainte, je ne viens pas ici en ennemi.

Dominant son émoi, Jeanne Destenave reprenait :

— Comment avez-vous fait pour pénétrer dans ce château ?

— Peu vous importe, déclarait le policier. Sachez seulement que je peux en sortir aussi facilement que j'y suis entré. Mais, je vous le répète, vous n'avez rien à craindre de moi... et vous me voyez fort aise, au contraire, de reprendre aujourd'hui la conversation que nous avons déjà engagée...

— Ah ! je ne sais plus... murmurait Jeanne Destenave qui, dans son désespoir d'amour, se sentait abattue par une si grande dépression physique et morale qu'elle n'avait même plus la force de se défendre.

Et, retombant sur son siège, elle se cacha la tête entre ses mains.

Pistolet eut la sensation qu'il la tenait enfin courbée sous l'ascendant que les circonstances venaient de lui donner sur elle... et d'un ton qu'il s'efforçait de rendre de plus en plus compatissant, il reprit :

— J'ai assisté, tout à l'heure, sans que vous vous en doutiez, à votre scène avec Mandrin... et je vous plains, ma chère enfant, oui, je vous plains de tout mon cœur.

Jeanne Destenave eut un hochement de tête qui signifiait clairement :

— Je n'ai que faire de votre pitié !...

Imperturbablement, l'exempt poursuivit :

— Vous avez tort, oui, le plus grand tort de ne pas m'écouter... Car vous jouez ici un rôle de dupe... et vous n'êtes pas de taille à lutter avec Nicole.

Ces paroles perfides semblèrent produire l'effet qu'en escomptait l'exempt.

N'évoquaient-elles pas, devant la dédaignée, l'image victorieuse de sa rivale ?... Et la terrible vérité se fit tout à coup jour en elle... Elle se dit que l'homme noir avait raison et que, contre tant d'enveloppement et de charme, elle ne pouvait pas songer à être la plus forte... Mordue par une jalousie féroce, oubliant même la présence du démon tentateur qui l'enveloppait de sa sorcellerie, elle proféra ce cri de fureur et de guerre :

— Je la haïs ! je la haïs ! je la haïs !

— Eh bien ! causons... reprenait Pistolet en prenant une chaise et en s'installant auprès de Jeanne Destenave.

» Ainsi que vous venez de le constater vous-même, vous n'avez plus rien à attendre de Mandrin, si ce n'est mépris et colère. Il ne vous l'a pas caché, il est prêt à vous chasser de sa présence... N'est-il pas demeuré insensible à vos prières et à vos larmes... ainsi qu'à ce grand amour qu'il n'a pas pu ne pas deviner... et dont, en ce moment, il se moque peut-être avec celle qu'il vous a préférée ?

— Non ! non, ce n'est pas possible ! se révoltait la contrebandière.

— Ne soyez pas plus longtemps aveuglée par votre passion impossible... Croyez-en mon expérience... Quand bien même Mandrin tairait-il à sa femme la vérité... quand bien même lui laisserait-il ignorer qui vous êtes, Nicole n'est pas assez sotte pour ne pas découvrir bientôt votre identité et votre secret... et c'est elle qui exigera votre renvoi.

— Nicole n'est pas ici... laissa échapper Jeanne Destenave.

— Comment ! elle n'est pas ici !... tressaillit le policier.

— Elle est partie pour Fontainebleau...

— Que me racontez-vous là ?...

— Demander au roi la grâce de Mandrin.

— La grâce de Mandrin ?

— Oui... scandait nerveusement Jeanne Destenave... Ce que j'avais prédit... s'est réalisé... Elle n'a pas pu supporter plus de vingt-quatre heures l'existence qui lui était réservée... Elle, la compagne du capitaine ! Quelle folie !... Et autant par peur pour elle que pour celui qu'elle aime ou, du moins, qu'elle prétend aimer, elle s'est souvenue tout à coup qu'elle avait une cousine... à laquelle le roi, paraît-il, ne sait rien refuser... et férue de ce beau projet, elle s'en est allée là-bas, convaincue qu'elle allait revenir munie d'un pardon qui lui assurerait une existence heureuse.

— Et qu'a dit Mandrin ? interrogeait Pistolet de plus en plus intéressé.

— Il est entré dans une furie épouvantable... Il voulait partir à la recherche de sa belle... Mais M. de Voltaire l'en a empêché.

— M. de Voltaire ! s'écriait l'homme noir, qui marchait de surprise en surprise.

— Ce château lui appartient, reprenait Tiennot.

— Et il l'habite ?

— Jusqu'à demain seulement ; il en a fait cadeau à Mandrin.

— Ah ! par exemple !

Oubliant l'homme qui l'écoutait, pour ne plus voir en lui, dans son immense détresse, que le confident dont, en de pareilles crises morales, l'âme la plus fermée ne manque jamais d'éprouver l'irrésistible besoin, Jeanne Destenave poursuivait :

— Alors... moi, j'ai cru qu'il en voulait à Nicole... et qu'il ne lui pardonnerait pas cette faiblesse... Oui, dans mon égarement, j'ai cru que le moment était venu pour moi de me déclarer à lui et de lui rappeler que j'étais une femme... ou plutôt la femme, la vraie compagne de sa vie... et, sans réfléchir... j'ai revêtu cette robe... oui, j'ai eu cette pensée stupide... ridicule... et vous savez ce qu'il en est advenu !...

— « Ne t'avise pas de recommencer une pareille mascarade... » soulignait l'homme noir... achevant de distiller son poison.

— C'est abominable ! souffrait Jeanne Destenave, qui n'était plus qu'une pauvre victime blessée, proie abattue entre les mains de Pistolet.

L'exempt reprenait, persuadé qu'il avait atteint son but !

— Et vous hésiteriez à vous venger ?

— Me venger !... Pourquoi ?

— Parce que vous n'êtes pas femme à laisser impuni l'affront sanglant que Mandrin vous a infligé.

— Mandrin peut réfléchir encore, ripostait Jeanne... sans trop cependant se raccrocher à cet ultime et vague espoir...

— Il aime Nicole !

— Et si elle ne revenait pas ?

— Elle reviendra... affirmait le policier. L'ensorceleuse qu'elle est obtiendra tout de son maître... quand celui-ci devrait faire litière de ses idées.

— Trahir sa cause ?

— Peut-être.

— Non ! non ! c'est impossible ! fit Jeanne Destenave. Si grand que puisse être l'amour de Mandrin pour Nicole, il ne peut pas faire tomber un tel homme aussi bas.

Pistolet, avec un sourire diabolique, insinuait :

— Ne croyez pas que je m'acharne à briser votre idole... bien qu'elle se soit chargée elle-même de dépouiller vis-à-vis de vous toute sa divinité. Mais votre tort a été et est peut-être encore de considérer Mandrin comme un héros sans peur et sans reproche... comme un

Dieu qui plane au-dessus de toute humanité... Eh bien ! détrompez-vous... Mandrin est un homme... Et maintenant qu'il est en bas du piédestal où vous l'aviez élevé, maintenant qu'il vous apparaît non pas tel que vous l'admiriez mais tel qu'il est, c'est-à-dire pétri à l'image de tous les autres, avec un cœur accessible à toutes les faiblesses, à toutes les erreurs, amoureux non pas d'une femme comme vous, mais d'une fillette comme Nicole, se rapetissant, lui, le grand faucheur de moissons superbes, jusqu'à se courber naïvement vers la petite fleur bleue prête à s'effeuiller à son souffle, faite pour s'écraser sous ses pas, l'amoureuse que vous êtes ne peut pas ne pas avoir la soif ardente de la vengeance... surtout quand elle a près d'elle celui qui peut la désaltérer.

— Que voulez-vous de moi ? interrogeait la contrebandière en se dressant toute droite devant le policier.

— Vous êtes au courant des projets de Mandrin ?

— Oui.

— Donc, vous pouvez me renseigner exactement sur l'heure, le jour et l'endroit qu'il a choisi pour retourner en France.

— Cela m'est facile.

— Puis-je compter sur vous ?

Il y eut quelques secondes de tragique silence et le policier put croire qu'il avait atteint son but. Mais la figure de la contrebandière s'illumina d'une lueur surhumaine... C'est qu'elle venait d'apercevoir, en une vision de sublime horreur, son père attaché à la roue, son père, martyr de cent douleurs, et trouvant encore l'énergie de hurler à travers ses cris d'agonie :

« J'aime mieux mourir cent fois que d'être parjure à l'honneur ! »

Tout ce qu'il y avait en elle de rancœur, de désespoir et de haine se fondit à l'écho de la parole paternelle, du testament sacro-saint qu'elle avait oublié dans l'emportement de son cœur et de ses sens... Et comprenant le sacrilège qu'elle commettrait en déchirant cette page dont les lignes si brèves étaient tracées avec le sang de l'innocent, elle fit avec un calme effrayant :

— Vous me proposez de trahir Mandrin ?

— Je vous propose...

Mais Pistolet n'acheva pas... Jeanne Destenave bondissait vers la porte, l'entr'ouvrait, en criant :

— Eh bien ! c'est moi qui vais vous livrer à lui !

L'exempt eut un mouvement de recul, comme s'il avait reçu un choc en pleine poitrine ; et, quand il se précipita pour la retenir, il était trop tard. La porte s'était déjà refermée. Au dehors, un bruit de verrous claqua.

— La gueuse !... grinça Pistolet. Il est donc écrit qu'elle m'échappera toujours ! Mais n'importe, j'en ai appris aujourd'hui assez long pour ne pas insister davantage !...

Et rapidement, Pistolet regagna l'escalier secret... s'évanouissant comme une ombre.

Pendant ce temps, Jeanne Destenave, n'écoutant que sa conscience et imposant silence à son cœur, accourait dans la grande salle où Mandrin, d'un œil distrait, regardait ses compagnons en train de jouer aux dés, lorsqu'une voix vibra :

— Capitaine !

Mandrin aperçut la contrebandière debout sur le seuil.

Eberlués, les joueurs s'écriaient :

— Une femme ! Tiennot ! mais c'est Tiennot !

Mandrin, hors de lui, bondit vers elle et, la saisissant par les poignets, il la poussa rudement vers le vestibule tout en grondant :

— Ah çà ! tu t'obstines à garder ces vêtements de femme !...

— Capitaine ! suppliait la malheureuse... laissez-moi vous dire...

A ce moment, Mi-Carême, Carnaval, le Major, le Brutal, le Pays, le Frisé s'élançaient vers leur chef.

— Rentrez, vous autres ! ordonnait le capitaine.

Tous obéirent aussitôt et Mandrin, implacable, reprit :

— Je t'avais dit que, si tu refusais de m'obéir, je te chasserais !

— Ecoutez-moi...

— Non !

— Capitaine, il y a ici, dans le château...

— Tais-toi ! Va-t'en ! va-t'en !

Jeanne Destenave, se révoltant, telle une lionne en furie, s'écriait :

— Eh bien ! soit, je m'en vais... Mais vous le regretterez peut-être !

Et, d'un pas saccadé, elle gagna la cour. Une dernière fois, elle se retourna, espérant que Mandrin la retiendrait peut-être.

Mais le capitaine, tournant les talons, rejoignait ses soldats.

Alors, la malheureuse, éperdue, affolée, fit en se tordant les mains :

— C'est sa condamnation qu'il vient de prononcer... oui... ou la mienne !

Et elle s'en fut en courant vers la grille.

VI

OU PISTOLET SEMBLE REPRENDRE L'AVANTAGE

En proie à une véritable démence, Jeanne Destenave s'était enfuie à travers la campagne.

Déespérée d'amour, le cœur brisé, la raison sur le point de s'égarer pour toujours, elle courait... courait à perdre haleine... sans souci du grand vent qui lui cinglait le visage, des cailloux qui meurtrissaient ses pieds, des ronces qui déchiraient ses vêtements !

Elle arriva ainsi jusqu'au bord d'un torrent dont elle longea la berge, comme si elle voulait s'enfoncer plus en avant dans cette montagne, afin d'y trouver, parmi ces rocs ou au fond de quelque grotte, l'asile de son agonie, le tombeau de sa souffrance... lorsqu'il lui sembla qu'on l'appelait :

— Tiennot ! Tiennot !

Sans doute n'était-ce qu'une hallucination et elle ne ralentit pas sa course...

Mais la voix s'élevait de nouveau, nette, impérieuse :

— Tiennot ! Tiennot !

Jeanne Destenave s'arrêta... Un vague espoir venait de mettre en elle un léger rayonnement.

Peut-être était-ce Mandrin qui, pris de remords, la faisait rechercher par un de ses camarades ?... Mais ce ne fut qu'un éclair... A cinquante pas d'elle, à travers les branches écartées d'un hallier touffu, Pistolet venait de lui apparaître.

— Où courez-vous donc ainsi, ma belle ? lançait-il d'un ton railleur.

La voix de l'exempt, en lui causant une déception amère, aviva encore sa blessure et alluma en elle le désir brûlant d'une implacable vengeance... et toute pantelante de l'outrage dont l'avait accablée celui qu'elle adorait, elle cria à l'exempt :

— Mandrin m'a chassée... Maintenant, je vais tout vous dire !

A l'expression de joie mauvaise qui se refléta sur les traits du policier, une révolte imprévue la galvanisa, lui restituant d'un seul coup, avec toute la noblesse de sa conscience, le sentiment de son devoir.

— Tu vois bien ! triomphait l'homme noir, que c'était moi qui avais raison !

Et la prenant par le bras, il lui souffla :

— Eh bien ! parle donc !

A sa grande stupeur, Jeanne Destenave s'arracha à son étreinte... et, avant qu'il ait pu la ressaisir, elle se précipitait dans le torrent... Sans hésiter, Pistolet s'y jeta à sa suite...

Entraînée par un rapide courant, la malheureuse avait été presque immédiatement projetée contre un rocher qui se dressait au milieu de l'eau...

Etourdie par le choc violent qu'elle avait ressenti à la tête, elle s'était évanouie et avait coulé à pic.

En quelques brasses hardies et vigoureuses, l'exempt gagna l'endroit où Jeanne Destenave avait disparu et, à travers l'eau limpide, il aperçut son corps accroché à une racine.

Sans trop de peine, il la ramena à la surface et regagna la rive sur laquelle il déposa la malheureuse... lui prodiguant aussitôt les premiers soins...

Comme elle ne revenait pas à elle, il l'emporta vers une chaumière d'où s'élevait une légère colonne de fumée. Une paysanne filait sa quenouille sur le pas de sa porte. A la vue de cet homme ruisselant d'eau et qui semblait transporter un cadavre, elle se leva, saisie de peur et de pitié.

Pistolet, aussitôt, lui expliquait :

— Cette femme a voulu se noyer. J'ai pu la retirer du torrent. Je crois qu'elle respire encore... Voulez-vous m'aider à la sauver tout à fait ?

— Oh ! mais tout de suite, mon bon monsieur, acceptait la paysanne.

Après avoir fait pénétrer sous son toit l'exempt qui déposa sur un fauteuil de campagne Jeanne Destenave, toujours privée de sentiment, la paysanne proposait :

— Je vais lui enlever ses vêtements, lui en donner d'autres, à moi, et puis nous la coucherons et nous la soignerons de notre mieux.

— C'est cela, ma brave femme !

— Perrine... Perrine ! appelait par une fenêtre la paysanne... Viens donc me donner un coup de main.

Une fille solide, au teint clair, à l'œil vif, aux bras robustes, et qui, dans un jardinet voisin, bêchait la terre avec une énergie toute masculine, lâcha ses outils et s'en fut rejoindre sa mère.

Dix minutes après, Jeanne Destenave, toujours évanouie, était étendue dans un lit très chaud, aux draps bien blancs.

L'exempt constata qu'elle portait au front une blessure par laquelle le sang s'échappait lentement, mais qui ne semblait pas grave... Il la bassina lui-même avec de l'eau bouillie ; puis, à l'aide d'une bande de toile, il improvisa un premier pansement.

— Si on allait chercher le barbier du village ? proposait la fermière. Il est très savant, et c'est toujours lui qui vient ici quand il y a du monde malade.

— C'est inutile ! déclarait Pistolet... Je préfère emmener cette femme à la ville, où elle recevra tous les soins que nécessite son état... Avez-vous une charrette ?

— Oui, mon bon monsieur.

— Pouvez-vous me conduire tout de suite à Grenoble ?

— C'est pas de refus.

— Pouvez-vous également me prêter un matelas ?

— Bien sûr.

— Une couverture de laine ?

— Deux, si vous voulez.

— Je vous remercie.

— Mais vous, monsieur, vous êtes tout mouillé ; vous allez attraper du mal, si vous restez comme ça. J'vas vous prêter des hardes à mon homme... Pendant ce temps-là, on fera sécher les vôtres devant le feu !

— J'accepte... mais, vraiment... vous êtes tout à fait obligeante...

— Entre bonnes gens, faut-y pas bien s'aider ? Perrine, va chercher not' mule, la Grise, qui est dans le pré Cottard... Tu lui donneras un bon picotin, tu l'attelleras et tu conduiras Monsieur jusqu'à Grenoble.

Et tirant d'une armoire une chemise

en toile écrue et une culotte, elle les remit à Pistolet, en lui disant :

— Allez vous changer dans le cellier.

Puis, elle jeta dans l'âtre un fagot, qui, bientôt, s'embrasa en pétillant.

A ce moment, Jeanne Destenave parut sortir de sa torpeur... Quelques plaintes s'échappèrent de ses lèvres...

La paysanne s'en fut vers elle, contemplant avec une compassion toute maternelle son beau visage qui portait l'empreinte de son indicible douleur. Mais ses paupières demeuraient closes.

On eût dit que la peur de revoir la lumière, de se retrouver en face de l'existence, de la réalité, les empêchait de se rouvrir... et la campagnarde, si rude d'aspect, mais si tendre de cœur, murmura, en joignant les mains :

— Pour qu'une jeunesse comme ça ait voulu se détruire... faut-il, mon Dieu ! qu'elle ait eu de la misère !

. . . .

. . . .

Ce matin-là, le fermier général Bouret d'Erigny s'était levé avec l'humeur exécrable d'un homme à la fois dévoré par une âpre jalousie et énervé par l'approche de la bataille.

Assoiffé d'un désir d'action immédiate, mais comprenant fort bien qu'il ne disposait ni des forces, ni des ressources suffisantes pour entreprendre contre Mandrin une lutte victorieuse, il rongeait son frein avec d'autant plus d'impatience que, blessé dans son amour et atteint dans son orgueil, il prévoyait que sa vengeance serait longue et difficile à atteindre.

Arpentant à grands pas son parc, il enrageait littéralement d'être obligé de surseoir à un pareil projet, lorsque, au détour d'une allée, il se trouva brusquement en face de Pistolet.

A la vue de l'exempt, il eut un sursaut de mauvais augure.

— Vous ici ! s'écriait-il... Je croyais pourtant vous avoir défendu de reparaître en ma présence.

— C'est exact... monsieur le fermier général, répliquait l'homme noir, en s'inclinant avec une politesse dénuée, cette fois, de toute obséquiosité.

Et il ajouta, avec un accent de déférence, nuancée cependant d'une légère ironie :

— Soyez persuadé, monsieur le fermier général, que je me fusse bien gardé d'enfreindre vos ordres, si des événements aussi intéressants qu'imprévus ne m'avaient imposé le devoir pressant de vous désobéir.

— Qu'est-ce à dire ? interrogeait Bouret, quelque peu troublé par ce mystérieux préambule.

Aussitôt, l'exempt Troplong révélait, avec une modestie savamment calculée :

— J'ai réussi à pénétrer dans l'un des repaires de Mandrin.

— Au château de Rochefort ? s'exclamait le financier, de plus en plus intrigué.

— Non, monsieur le fermier général, au château de Bon-Repos.

— L'ancienne résidence du marquis de Montferrat ?

— Aujourd'hui propriété de M. de Voltaire.

— Palsembleu ! Ce bandit aurait-il joué à ce méchant pamphlétaire le tour de s'emparer de son domaine ?

— Non, monsieur le fermier général, c'est M. de Voltaire qui lui en a fait cadeau.

— Cela me surprend peu de la part de ce méchant esprit, qui n'a cessé de nous poursuivre de ses railleries et de ses attaques... Mais continuez... car vous avez dû surpendre là-bas d'étranges choses.

— Plus étranges que vous ne pouvez le soupçonner.

— Parlez vite !

— Madame votre épouse a déjà quitté Mandrin.

— Elle n'aurait donc pas suivi de son plein gré ce misérable ?

— Quitte à vous mécontenter fort, monsieur le fermier général, je suis obligé de vous déclarer qu'il n'en est rien, bien au contraire.

» Si Mme Bouret d'Erigny est partie subrepticement du château, ce n'était point, hélas ! pour réintégrer le domicile conjugal, mais pour courir, au contraire, jusqu'à Fontainebleau, demander au roi Louis XV la grâce de Mandrin.

— Mille diables ! nous allons bien voir.

— Attendez, monsieur le fermier général, je n'ai point terminé... J'ai d'autres nouvelles à vous donner... Tiennot le berger...

— Tiennot...

— Ou plutôt cette Arlequine que Mandrin avait enlevée à ce nigaud de Cornebise est retombée dans mes mains.

» Je vous épargne les détails de cette intéressante capture... Je me contente de vous dire qu'à l'heure actuelle, cette femme est enfermée à la prison de Grenoble, que je lui ai rendu, ce matin, une première visite, qu'elle s'est, suivant son habitude, renfermée dans un profond mutisme, mais que je ne désespère pas cependant de lui faire entendre raison.

» Ceci, d'ailleurs, n'a plus que peu d'importance, puisque je suis à même de pénétrer, à toute heure du jour et de la nuit, dans le château de Bon-Repos, par un souterrain dont j'ai découvert l'entrée secrète... et j'ose espérer qu'en raison de ce nouvel avantage que je viens d'acquérir, ainsi que des autres nouvelles que je vous apporte, vous daignerez, monsieur le fermier général, me rendre un peu de votre estime et beaucoup de votre confiance.

Bouret d'Erigny demeura un instant pensif...

Puis il reprit :

— Pouvez-vous me dire exactement quand ma femme est partie pour Fontainebleau ?

— Parfaitement, monsieur le fermier général... Mme Bouret d'Erigny a pris avant-hier matin la diligence à Chambéry.

— Vous dites avant-hier matin ?

— Oui, monsieur le fermier général.

— Elle a déjà sur moi plus de cinquante heures d'avance. Il est donc inutile de courir à sa poursuite.

» En attendant, je vous invite à garder pour vous seul le secret de cette nouvelle escapade à laquelle, croyez-le bien, je saurai donner la suite qui me plaira.

» Quant à Mandrin, nous attendrons, pour l'attaquer, les troupes que M. le lieutenant de police ne peut manquer de nous envoyer.

» Cependant, puisque vous avez été assez habile pour découvrir le moyen de pénétrer au château de Bon-Repos, continuez à épier les agissements de ce bandit, de façon que nous puissions, dès à présent, préparer utilement notre plan de campagne.

— C'est entendu, monsieur le fermier général... Il ne me reste plus qu'à vous affirmer combien je suis heureux d'avoir pu vous prouver que j'étais encore capable de vous rendre quelques menus services, et combien je suis flatté d'avoir reconquis vos bonnes grâces.

Et après s'être incliné devant Bouret d'Erigny, Pistolet tourna les talons.

Alors, s'abandonnant à la colère que lui inspirait la pensée de Nicole courant les grandes routes au profit de Mandrin, il grinça :

— Ah ! tu t'es jouée de moi ! Mais tu ne perdras rien pour attendre ! Et si l'influence de la favorite est assez grande pour m'empêcher d'obtenir du roi une lettre de cachet, grâce à laquelle je pourrai enfermer cette gueuse dans une prison d'Etat, il n'est pas de puissance qui m'empêchera de la claquemurer dans un couvent où elle aura le temps de réfléchir sur sa folie, et de pleurer sur ses fautes !

VII

OU MANDRIN S'APERÇOIT QUE SA CAISSE EST VIDE, ET OU IL PARVIENT, SANS GRANDE PEINE, A LA REMPLIR.

Deux jours s'étaient écoulés, pendant lesquels Mandrin, enfermé avec ses compagnons dans le château de Bon-Repos, où M. de Voltaire s'était efforcé de leur tenir une aimable compagnie, avait longuement réfléchi à la fugue de Nicole, ainsi qu'à ses conséquences.

Grâce aux paroles apaisantes de son hôte, il avait déjà pardonné à sa jeune femme... Somme toute, il ne pouvait que lui reprocher d'avoir agi par excès de tendresse, et il en était ému au point qu'il sentait grandir encore en lui la victorieuse passion qui, tout à coup, avait si tendrement illuminé sa vie. Et il ne cessait de se répéter :

— M. de Voltaire a raison... Si Nicole revient avec ma grâce, j'en serai quitte pour la refuser !

Mais, bientôt, une inquiétude l'envahit.

— Que se passera-t-il ensuite ? se demandait-il... Nicole, tout d'abord, se soumettra... Mais aura-t-elle la force de supporter l'existence qui l'attend ?...

» Le fait même qu'elle se soit révoltée devant la première épreuve qui lui était imposée me prouve que j'ai commis une erreur en me persuadant qu'elle était capable d'affronter, à mes côtés, la lutte perpétuelle à laquelle ma mission me condamne.

» Si elle reste, je serai affligé de sa tristesse, inquiet de ses angoisses... Si elle s'en va, je serai torturé de son absence, malheureux de son abandon...

» Quoi qu'il arrive, je ne connaîtrai plus cette indépendance de cœur et d'esprit, grâce à laquelle j'ai pu, jusqu'à ce jour, poursuivre mon œuvre sans défaillance.

Et, s'animant contre lui-même, Mandrin se reprochait :

— Pourquoi me suis-je laissé entraîner dans une aventure qui, je m'en rends compte à présent, est beaucoup plus dangereuse que toutes les expéditions au cours desquelles j'ai souvent risqué ma liberté et ma vie ?

» Je suis en train de m'amoindrir... de me déshonorer... de me perdre... et mieux vaudrait, pour moi, si cruel cela fût-il, en finir tout de suite avec Nicole, et même refuser de la recevoir, quand elle se représentera devant moi...

Mais Mandrin, si grand que fût son désir de s'élever au-dessus de lui-même, se sentait rivé à son amour par de telles chaînes, qu'il se demandait s'il aurait la force de les briser... En tout cas, il ne se dissimulait pas que la bataille serait terrible, la plus terrible peut-être qu'il eût jamais livrée... et ressentant l'instinctif besoin de retremper son courage au milieu de ses compagnons, il s'en fut les rejoindre dans la grande salle du château, où ils étaient en train de jouer aux dés et aux cartes.

Lorsqu'il apparut, les jeux s'arrêtèrent aussitôt, et tous les regards se tendirent vers lui... en un profond silence... Certes, l'attitude de ces hommes demeurait envers leur chef soumise et respectueuse... Cependant, Mandrin crut lire sur leur visage une expression de gêne qui ressemblait singulièrement à un blâme... Mandrin ne voulut point paraître en avoir souci ; et s'asseyant à une table autour de laquelle Mi-Carême, Carnaval, le Major et le Pays avaient commencé une partie de dés, il fit d'un ton dégagé :

— Je joue cent écus !

Personne ne lui répondit.

— Sire, je viens vous supplier de m'accorder la grâce de mon mari.

Photo-film Ciméromans.

Près de la marquise, Nicole attendait en tremblant la décision du roi.

— *Oh! oh! s'exclama La Morlière, seriez-vous donc un ami de Mandrin?*

Photo-film Cinéromans.

Les paysans se dressèrent, dirigeant leurs fusils sur les officiers.

Nicole regardait le fermier général avec un air de tranquille ironie.

Photo-film Cinéromans.

Bouret se précipita sur la jeune femme, les paysans s'interposèrent.

Photo-film Cinéromans.

Un gentilhomme de la chambre venait annoncer au roi que le lieutenant de police lui demandait audience.

Mandrin, fronçant les sourcils, s'exclamait :

— Eh bien ! j'attends !

Mais nul ne semblait décidé à affronter un pareil adversaire.

Voltaire, qui venait d'entrer, s'avançait vers lui en disant :

— Cent écus, je les tiens !

Le capitaine agita le cornet et lança les dés.

— Six et trois, annonça-t-il, l'air satisfait.

Et il passa le cornet à Voltaire, qui l'agita à son tour.

Les dés claquèrent sur le bois de la table.

— Double-six ! s'écriait joyeusement l'auteur de *Mahomet*.

— Vous m'avez gagné... reconnaissait Mandrin... et je vais vous payer tout de suite.

Et, se tournant vers Mi-Carême, il ordonna :

— Trésorier, remets immédiatement cent écus à M. de Voltaire !

Mais Mi-Carême ripostait avec un sourire forcé :

— Capitaine, la caisse est vide !

Mandrin se dressa en une attitude courroucée :

— Comment, martela-t-il, la caisse est vide !

— Hélas ! oui, capitaine !

Le trésorier, sortant de sa poche une liasse de « papiers », les déposa sur la table, et il se préparait à recommencer ses additions, lorsque Mandrin, lui arrachant ses grimoires, les dispersa en l'air en criant :

— Ah ! ça, c'est trop fort !... Ici, l'on jette donc les écus par les fenêtres ?

Mi-Carême, timidement, observait :

— Ce n'est pas étonnant qu'il n'y ait plus d'argent, capitaine... Tout ce que nous reprenons aux fermiers généraux, vous le donnez aux pauvres.

— Corbleu ! se fâchait le révolté... aurais-tu l'audace de me faire la leçon ?

Un léger murmure de désapprobation s'éleva autour du capitaine qui, les narines dilatées et l'œil en feu, s'exclama :

— Qu'est-ce que j'entends ? Vous oubliez donc que je suis votre chef ?

Alors, s'enhardissant d'autant plus qu'il se savait l'interprète du sentiment unanime de ses camarades, le Major, qui avait toujours son franc-parler avec Mandrin, répliquait :

— N'est-ce pas vous, plutôt, capitaine, qui oubliez que nous sommes vos soldats ?

— Tu dis ?

— Je dis que, depuis huit jours, on ne s'occupe plus que d'histoires de femmes.

— Gredin ! Je vais te faire rentrer tes paroles dans la gorge ! hurla Mandrin, en se précipitant vers le Major...

Mais, brusquement, il s'arrêta net... Ses yeux venaient de découvrir le regard désapprobateur de Voltaire ; et, instantanément calmé, il fit, d'une voix grave :

— Ce drôle a raison !

Une immense détente se produisit aussitôt parmi tous les contrebandiers... Le capitaine, en reconnaissant aussi crânement ses torts, venait, d'un seul coup, de reconquérir son prestige compromis.

— Camarades, reprit-il... plus que jamais, comptez sur moi... J'avais pris un congé... Il est fini... Ce soir, à neuf heures, tout le monde, sous les armes.

Et, s'adressant à Voltaire, il ajouta :

— Les dettes de jeu, monsieur, se paient dans les vingt-quatre heures... Demain, avant l'aube, je vous aurai réglé la mienne !...

Voyons, maintenant, comment le capitaine des contrebandiers de France allait tenir parole au capitaine général des écrivains de tous les pays...

Sur la frontière de France, vivait,

dans une fort belle résidence, M. Pincemaille, ancien agent du fisc, présentement usurier pour grandes et petites gens.

Ce soir-là, dans une chambre austère, le maître du logis et sa femme, qui passait pour n'être pas moins âpre au gain que lui, étaient assis devant une table, sur laquelle étaient empilés des sacs d'or. Mme Pincemaille prenait une à une les pièces, les examinait à la loupe et les repassait à son mari, qui les déposait dans une petite balance, lorsqu'une servante apparut, l'air terrifié :

— Monsieur... madame, s'exclama-t-elle, il y a des bruits étranges dans la maison.

L'usurier, mécontent d'être dérangé dans sa besogne, lui fit signe de se taire. Mais la domestique, toute tremblante, insistait :

— Vous n'entendez rien ?

— Ursule, vous êtes folle, s'écriait Pincemaille... laissez-nous en paix !

Mais Mme Pincemaille, impressionnée par l'accent de sa servante, s'était levée, écoutant... et toute pâle d'effroi, elle murmurait :

— On dirait des grincements de chaînes !

— En effet... reconnaissait son mari, en blêmissant à son tour.

— Sûr que ce sont des revenants ! lamentait Ursule.

A peine avait-elle prononcé ces mots, qu'un carreau de la fenêtre volait en éclats... faisant fuir la servante, qui se mit à pousser des cris d'orfraie.

M. et Mme Pincemaille se regardèrent, consternés.

— Ce sont peut-être des... des voleurs, bégayait l'usurier, tremblant de peur.

Et il se dirigea d'un pas mal assuré vers la porte, afin de la fermer au verrou. Il n'en eut pas le temps.

Les deux battants s'écartaient avec fracas, livrant passage à trois fantômes, enveloppés dans de longs suaires blancs.

Tandis que Mme Pincemaille s'effondrait, à moitié morte de frayeur, son mari, instinctivement, se plaçait devant la table, afin de protéger son trésor. D'un pas automatique, les trois spectres s'avançaient vers lui ; et le plus grand d'entre eux attaquait, d'une voix sépulcrale :

— Je viens de l'Au-delà pour reprendre l'argent des malheureux.

Et, arrachant de sa main aux doigts crochus le sac qu'instinctivement Pincemaille serrait contre sa poitrine, il fit, d'une voix de plus en plus caverneuse :

— L'argent des veuves !...

Et il le passa au revenant qui se trouvait à sa gauche.

S'emparant d'un nouveau sac, il articula :

— L'argent des vieillards !...

Et il le remit au spectre qui se trouvait à sa droite.

Ensuite, il rafla tous ceux qui se trouvaient sur la table, tout en proférant lugubrement :

— L'argent des orphelins !

Et les trois fantômes, s'éloignant à reculons, se dirigèrent vers la porte et disparurent, lentement, comme s'ils s'évaporaient dans les airs.

Quelques instants après, dans un petit bois épais, aux alentours de la maison des Pincemaille, Mandrin, Mi-Carême et Carnaval, débarrasssés de leurs suaires et entourés d'une douzaine de contrebandiers, soupesaient les sacs d'or qu'ils venaient de forcer Pincemaille à leur remettre.

Et le capitaine, radieux, s'écriait :

— Camarades, soyez satisfaits, la chasse a été bonne. Je crois que, maintenant le chiffre des recettes l'emportera sur celui des dépenses ! Et maintenant, en route pour le château de Bon-Repos !

. . . .

M. de Voltaire avait passé une très mauvaise nuit... Affligé de nombreuses quintes de toux, qui se compliquaient d'assez violentes douleurs, il n'avait guère fermé l'œil, et il avait même dû réveiller, non sans peine, ses domestiques, pour qu'elles lui préparassent de la tisane, et lui missent sous les pieds glacés un cruchon rempli d'eau bouillante.

Naturellement, il n'avait cessé de pester contre ce maudit château, dont l'insalubrité n'avait fait qu'aggraver son catarrhe et ses rhumatismes.

— Décidément, grognait-il, j'ai eu cent fois raison de faire cadeau à Mandrin de cet abominable repaire, et si grand que soit le plaisir que j'éprouve en la fréquentation de ce cher capitaine, et si vive que soit ma curiosité d'apprendre comment va se terminer l'aventure de cette gentille Nicole, je risquerais fort, en prolongeant mon séjour ici, de contracter une maladie mortelle !

Voilà pourquoi, dès le matin, il ordonnait à ses « marauds » de serviteurs de préparer ses bagages... et de très bonne heure, enveloppé d'un manteau de voyage, il descendait dans la grande salle, afin d'y attendre le retour de Mandrin, auquel il tenait à dire adieu avant son départ.

Vers huit heures du matin, le capitaine et ses hommes faisaient une rentrée triomphale... Et Mandrin, apercevant les malles et paquets divers dont il était entouré, s'écriait :

— Comment, monsieur de Voltaire, vous nous quittez déjà ?

— Il le faut, capitaine... répliquait l'auteur de *Zaïre*. Ma santé, fort délicate, ne me permet pas, à mon vif regret d'être plus longtemps des vôtres.

— Croyez que je le regrette vivement.

— Et moi de même !... Malheureusement, je suis très sensible aux courants d'air... et cette maison — la vôtre, à présent — en est trop abondamment pourvue pour ma chétive personne.

— Quand vous reviendrez me voir, ainsi que je l'espère, je vous promets que vous y trouverez tout le bien-être auquel vous avez droit !

— Merci, capitaine... En attendant, soyez sûr que j'emporte de notre rencontre un très agréable souvenir.

— Et moi, monsieur de Voltaire, soyez persuadé que je n'oublierai pas, d'abord, le royal présent que vous m'avez fait...

— Peuh ! cette vilaine masure !...

— ...Et surtout... l'admirable leçon que vous m'avez donnée... Elle me crée envers vous un devoir d'éternelle reconnaissance !

Et, avec un franc sourire, Mandrin ajouta, tout en tendant un sac d'écus à son interlocuteur :

— Je n'oublie pas non plus ma dette... et je suis heureux de pouvoir vous payer, au moment de votre départ, les cent écus que vous m'avez gagnés au jeu !

Voltaire, l'œil pétillant de malice, s'empara du sac que lui tendait le capitaine, et le lançant à un groupe de contrebandiers qui se tenaient derrière leur chef, il fit :

— Mes amis, voici pour boire à la santé qui m'est la plus chère au monde...

— A laquelle ? interrogea Mandrin.

Et l'auteur de *Candide*, tout en serrant cordialement la main de Mandrin, s'écria :

— A la mienne !

VIII

LA FAVORITE

A l'époque où se déroule ce récit, la puissance de Mme de Pompadour avait atteint son apogée. Non point que Louis XV en fût éperdument épris... Il lui avait prouvé, par de nombreuses et notoires infidélités, qu'il n'en était même plus amoureux...

A quoi tenait donc cette influence, qui faisait d'elle une véritable reine, et transformait le moindre de ses caprices en un de ces ordres impérieux que son royal amant ne manquait jamais, et toujours d'assez bonne grâce, d'exécuter ?

Tout simplement à l'habileté avec laquelle la marquise avait trouvé le secret de distraire ce monarque, tourmenté d'un éternel ennui.

Douée du génie de l'organisation, animée d'un goût artistique très pur, et d'une volonté qui, sous des dehors souriants, ne cessait jamais de poursuivre et parvenait toujours à atteindre le but qu'elle s'était assigné, elle sut promptement arracher Louis XV à ses mélancoliques humeurs pour l'entraîner à des représentations brillantes d'opéras, de comédies et de ballets, à des parties de chasse auxquelles prenait part toute l'élite de la noblesse, et surtout à de continuels changements de résidence.

Flattant son goût pour la bâtisse, et merveilleusement secondée par des architectes tels que Gabriel et d'Isle, des sculpteurs tels que Falconnet, Pigalle et Coustou, des peintres tels que Boucher, Oudry et Vanloo, elle fit tour à tour sortir de terre, comme sous la baguette magique d'une fée, le château de Bellevue, dont le luxe artistique était incomparable, et cet Ermitage de Versailles, dont la simplicité rustique en faisait une adorable retraite de calme et d'amour...

Ce fut ainsi qu'elle réussit à devenir, pour Louis XV, beaucoup moins une maîtresse qu'une *habitude*... et ce fut la raison pour laquelle, jusqu'à son dernier jour, elle réussit, tout en subissant parfois d'outrageantes indifférences, à ne jamais connaître d'irréparable disgrâce...

Ce jour-là, à Fontainebleau, il y avait cercle chez la marquise...

Entourée d'une véritable cour, assise à une table de trictrac, en face de l'abbé de Bernis, son poète préféré, elle écoutait d'une oreille distraite le duc de Richelieu qui, penché vers elle, lui murmurait le quatrain que Voltaire avait improvisé, un jour qu'il l'avait surprise en train d'esquisser une tête sur un album.

> Pompadour, ton crayon divin
> Devrait dessiner ton visage,
> Jamais une plus belle main
> N'aurait fait un plus beau visage !

Mais, absorbée par son jeu, la marquise, bien qu'elle se piquât d'être la protectrice des poètes, des artistes et même des philosophes, ne l'écoutait guère.

D'un regard ironique, elle considérait son partenaire, en train de déplacer ses pions avec une dextérité sans doute trop parfaite, car soudain elle s'écria :

— L'abbé, vous trichez !

Tandis que l'assistance partait d'un bel éclat de rire, le visage du futur cardinal se colorait d'une rougeur qui ne laissait en rien prévoir la pourpre qui devait un jour draper toute sa personne.

Il allait se tirer d'affaire en improvisant un de ces madrigaux galants dont il avait le secret, lorsque Mme du Hausset, femme de chambre de la favorite, s'approcha d'elle, et lui dit à voix basse :

— Madame la marquise, votre cousine Nicole vient d'arriver à Fontainebleau.

— Ma cousine Nicole ! répétait la favorite avec étonnement.

— Je l'ai introduite dans votre boudoir, reprenait Mme du Hausset. Elle affirme qu'elle a des choses très graves, très urgentes à vous dire.

— Qu'elle attende un instant !

Mme de Pompadour termina tranquillement sa partie, remportant une tranquille et complète victoire sur l'abbé de Bernis qui, sans doute pour faire oublier son imprudence, s'était mis à jouer en dépit du sens commun.

Echappant aux compliments de son entourage, elle s'en fut rejoindre Nicole qui, dans le costume de voyage qu'elle s'était improvisé, à l'aide des défroques de Mme de Montferrat, trouvait encore le moyen d'être charmante.

La pauvre petite, après un voyage qui s'était déroulé d'ailleurs sans fâcheux accident, se morfondait dans une attente qui lui semblait d'une longueur mortelle.

Certes, elle ne doutait pas que sa cousine ne l'accueillît avec bonté.

Mais, en cours de route, elle avait eu le temps de la réflexion, et elle n'avait pas tardé à se demander si, malgré toutes les assurances que lui avait données M. de Voltaire, la marquise aurait le pouvoir d'obtenir du roi la grâce de Mandrin.

Aussi était-elle très émue... Et lorsqu'elle vit apparaître Mme de Pompadour, au lieu d'aller se jeter dans les bras que la favorite lui tendait, elle demeura hésitante, intimidée, baissant les yeux, et balbutiant d'une voix tremblante :

— Bonjour, ma cousine !

— Bonjour, ma petite Nicole ! ripostait la marquise, en embrassant le front fiévreux que lui offrait sa jolie parente.

Et, tout de suite, elle s'exclama :

— Comment ! toi !... à Fontainebleau ?

— Oui, ma cousine.

— Toute seule ?

— Toute seule.

— Et ton mari ?

— Mandrin ?... lançait ingénument Nicole.

— Mandrin ! s'exclamait la Pompadour... Qu'est-ce que tu me racontes là ?

— La vérité, ma cousnie.

— Comment ! tu as épousé ?...

— Mandrin... Oui, ma cousine.

— Tu veux te moquer de moi !

— Mais non, je vous assure.

— J'ai reçu ce matin une lettre de ta mère, m'annonçant que tu allais te marier avec le fermier général Bouret d'Erigny.

— Bouret d'Erigny... répliquait Nicole, c'était un mari pour rire... tandis que Mandrin...

— C'est le mari sérieux !

— Parfaitement !...

— Ah ! çà ! s'exclamait Mme de Pompadour, qui n'en croyait pas ses oreilles, tu es donc devenue tout à fait folle ?...

— Pas du tout, ma cousine... Mandrin m'aimait et je l'aime aussi... Il m'a enlevée à Bouret. Le curé de Beaujeu a béni notre union, et voilà !

— Je trouve ta conduite fort impertinente... grondait la favorite...

« Comment ! à un fermier général, tu as préféré un affreux bandit !

A ces mots, Nicole se dressa, indignée, et protestant avec véhémence :

— Le plus bandit des deux n'est pas celui qu'on pense !

La marquise, intriguée par cette aventure qui, au fond, n'était pas sans l'amuser, reprenait :

— Allons, calme-toi, et raconte-moi un peu comment tu as pu te laisser séduire par ce Mandrin.

— Vous ne savez pas, ma cousine, ce qu'est le capitaine !

— D'après ce que l'on m'a dit sur son compte... et malgré toute l'affection que je te porte, je suis obligée de convenir que le capitaine, puisque capitaine il y a..., ne m'apparaît pas comme un parti avantageux pour toi, ni honorable pour notre famille.

Nicole, désormais prête à toutes les luttes, s'écriait :

— Je connais les bruits infâmes que l'on colporte sur lui ; et moi-même, je me suis longtemps figurée qu'ils étaient véridiques... Ce n'est qu'une fois que j'ai vu Mandrin à l'œuvre, que j'ai compris ce qu'il était vraiment.

» Et je tiens à le proclamer bien haut devant vous : jamais, ma cousine, un cœur plus généreux n'a battu dans une poitrine plus vaillante !

» Non, ce n'est pas un bandit... c'est un révolté...

» S'il pille les caisses des fermiers généraux, c'est pour en restituer le contenu aux malheureux que les Bouret d'Erigny et autres ont réduits à la famine ! S'il ouvre la porte des prisons, ce n'est point pour en arracher les voleurs et les assassins, c'est pour rendre la liberté aux pauvres gens qui, faute de pouvoir s'acquitter envers un fisc injuste, inexorable, y ont été impitoyablement enfermés.

» Ah ! si vous entendiez tous ces malheureux célébrer ses louanges, lui crier leur adoration, leur reconnaissance, si vous les voyiez embrasser la trace de ses pas... ou pleurer d'attendrissement au récit de ses exploits et prier, oui, prier Dieu pour qu'il le tienne en sa sainte garde, vous ne m'en voudriez plus d'être sa femme !

— Voltaire m'avait déjà écrit tout cela, observait la marquise ; mais je n'avais pas voulu le croire.

— C'est pourtant la vérité, affirmait Nicole...

» Voilà pourquoi je suis venue vous prier de demander sa grâce au roi.

— Tu tombes fort mal, ma pauvre petite.

— Pourquoi ?

— Ce matin... le lieutenant de police marquis d'Argenson, racontait, au lever de Sa Majesté, qu'il avait, depuis plusieurs jours déjà, expédié en Dauphiné l'ordre au colonel de la Morlière de prendre le commandement d'une petite armée destinée à réduire Mandrin, et qu'il avait recommandé à cet officier qui, paraît-il, est un homme terrible, d'en finir à n'importe quel prix avec ton capitaine.

— Mon Dieu ! soupirait Nicole.

— Mieux vaut donc, ma pauvre petite, déclarait la marquise, ne pas te bercer de vaines illusions... et si vif soit mon regret de faire pleurer tes jolis yeux, je préfère être franche envers toi, et te dire nettement que jamais le roi n'accordera la grâce de Mandrin !

Nicole, haletante d'émoi, s'écriait :

— Et M. de Voltaire qui prétendait que Sa Majesté ne vous refusait jamais rien !

— Comment ! tu as vu M. de Voltaire ? s'exclamait la marquise.

— Oui, ma cousine. M. de Voltaire nous a reçus dans son château de Bon-Repos, le soir même de notre mariage, et il admire fort mon mari. Il m'a témoigné beaucoup de bienveillance, et c'est lui qui m'a conseillé de venir vous trouver.

— Eh bien, ma chérie, M. de Voltaire t'a fait faire un voyage bien inutile.

— Vous me désespérez !

— Calme-toi.

— Et si je lui parlais, au roi !

— Que lui dirais-tu ?

— Ce que je viens de vous dire à vous-même.

— Ma pauvre petite !

— Puisque vous refusez d'intervenir auprès du roi...

— Je ne refuse pas.

— Si, vous refusez... Eh bien, laissez-moi lui parler... et je suis sûr qu'il se laissera convaincre.

— En attendant, prends un peu de repos... Tu dois en avoir besoin, après de telles émotions, et un aussi long voyage.

— Me reposer ! s'écriait Nicole, au comble de l'exaltation... Me reposer !... Quand l'existence de mon mari est en jeu !... Cela, jamais !... Je veux voir Sa Majesté... vite, bien vite... tout de suite... ma cousine... Emmenez-moi près d'Elle, et je n'aurai pas assez de toute ma vie pour vous remercier... pour vous bénir !

La porte du boudoir s'ouvrait à deux battants, et un chambellan annonçait :

— Le roi !

A peine la silhouette de Louis XV, toute de nonchalante élégance, venait-elle d'apparaître, que Nicole, éperdue, courait se jeter à ses genoux.

— Qu'est-ce à dire ? s'écria le monarque, l'air fort mécontent.

Et, toisant dédaigneusement Nicole, écroulée devant lui, il dit d'un ton acerbe :

— Quelle est cette jeune personne ?

— Sire, répliquait la marquise, ne la reconnaissez-vous pas ? C'est ma petite cousine de Beaujeu !

— Votre cousine de Beaujeu !

— Oui, sire, cette jeune fille que vous avez entendue, l'an passé, chanter, à l'un de mes concerts, un air de son pays.

— Ah ! oui, je me souviens, déclarait le roi, dont le visage se rasséréna aussitôt.

Et, se penchant vers Nicole, il lui dit avec bienveillance :

— Vous semblez fort troublée, mon enfant. Auriez-vous quelque faveur à me demander ?

— Oui, sire, répliquait la solliciteuse, en faisant appel à tout son courage... Je viens vous supplier de m'accorder la grâce de mon mari.

— De votre mari ?

— Oui, sire, de Mandrin !

Le roi regarda successivement Nicole et Mme de Pompadour, d'un air effaré. Puis, s'adressant à la favorite, il reprit :

— Que signifie cette comédie ?

— Sire... Nicole, en effet, a épousé Mandrin, déclarait la favorite.

— Ah ! par exemple ! s'écriait Louis XV en enveloppant Nicole d'un regard qui voulait se montrer sévère. Voilà, marquise, un événement qui n'est guère flatteur pour votre famille !

— Sire, intervenait Mme de Pompadour... voulez-vous permettre à ma cousine de vous narrer son aventure ?

— J'allais le lui demander, déclarait le roi, toujours très friand d'anecdotes pimentées et d'historiettes scandaleuses.

— Eh bien, raconte... invitait Mme de Pompadour.

Louis XV s'installait commodément dans une vaste bergère et, tout en regardant avec insistance la jolie Dauphinoise qu'il semblait trouver fort à son goût, il invita d'un ton légèrement narquois, mais dépourvu de toute nuance hostile :

— Eh bien... parlez, *madame Mandrin !*

Et Nicole, dont le cœur battait à se rompre, entama son récit.

IX

LE COLONEL DE LA MORLIÈRE

Mme de Pompadour n'avait commis aucune exagération en affirmant à sa parente que le colonel de la Morlière était un homme terrible.

Alexis Magellon de la Morlière, ainsi que nous le décrit M. Funck-Brentano, dans son beau livre sur *Mandrin*, où nous puisons tous ces précieux renseignements, était Dauphinois comme Mandrin... Agé de quarante-sept ans, il avait pris part à toutes les grandes guerres qui avaient marqué le milieu du dix-huitième siècle. Soldat d'une intrépidité rare, chef d'une sévérité implacable, esprit clair, précis, décidé, il incarnait, des pieds à la tête, le militaire de son temps.

Il avait reçu pour mission de former

un corps spécial, avec des troupes légères composées de fusiliers marins et de dragons, qui avaient combattu en Flandre avec le maréchal de Saxe...

Ramassis de gens de toutes conditions, de toute nationalité, soudards faits pour les hardis coups de main, gens de sac et de corde, le peuple les nommait les *argoulets*. Leur ardeur au pillage les avait fait nommer *les croquemoutons*.

Il avait été entendu, toutefois, que les fermiers généraux, représentés par Bouret d'Erigny, conserveraient la direction de ces troupes, qu'ils paieraient leur solde, les défraieraient de tout, quitte à faire retomber sur les populations ces nouvelles charges, si bien que, détail infiniment curieux, de même que le colonel de la Morlière et sa petite armée n'allaient plus dépendre désormais du ministre de la Guerre, mais du contrôleur des finances, Mandrin et sa bande n'allaient plus être justiciables que du même contrôleur, c'est-à-dire des fermiers généraux.

Conformément aux instructions qu'il avait reçues, le colonel de la Morlière, qui tenait garnison à Grenoble, avait résolu, en attendant d'avoir concentré toutes ses forces, d'aller rendre visite, en son château des Aigles, à Bouret d'Erigny, qui allait jouer auprès de lui, « un rôle comparable à celui que, quarante ans plus tard, devaient exercer les commissaires délégués par la Convention auprès des armées nationales... »

Il était parti à cheval, vers dix heures du matin, accompagné de son état-major et de quelques cavaliers, lorsqu'ils arrivèrent devant une hostellerie d'aspect engageant...

C'était précisément l'auberge des époux Lopion.

Immédiatement, le colonel décidait de s'y arrêter, afin de permettre aux chevaux de souffler... et aussi pour s'y restaurer, car La Morlière était doué d'un appétit dont l'air vif de la montagne avait toujours pour résultat d'augmenter les exigences.

Ce matin-là, il était, chose assez fréquente, d'ailleurs, d'une exécrable humeur.

En effet, l'idée de faire la guerre aux contrebandiers lui était fort déplaisante.

— Ah çà ! ne cessait-il de grogner, on me prend donc pour un gendarme ou pour un douanier !

Mais, comme il possédait à l'excès le sentiment de la discipline, non seulement il avait préparé, avec le plus grand soin, sa campagne contre Mandrin, mais il s'était encore juré de faire payer cher à ce bandit, tout au plus bon pour la potence, son mécontentement de se voir, lui, le héros de cent batailles glorieuses, contraint à une si piètre besogne.

Accompagné de ses officiers, il pénétra en coup de vent dans l'auberge de la *Pomme de Pin*, où une trentaine d'hommes, des paysans, des montagnards, étaient attablés.

La bruyante entrée du colonel et de sa suite ne parut d'ailleurs nullement les déranger... Ce fut à peine si quelques-uns d'entre eux levèrent la tête, pour la rabaisser aussitôt, en échangeant à voix basse de vagues paroles... Quant aux autres, ils n'avaient pas cessé de vider leurs gobelets, et de s'entretenir tranquillement de leurs petites affaires.

La Morlière et ses officiers prirent place à une table vacante, au milieu de la salle... et sans se préoccuper le moindrement des gens qui l'entouraient, le colonel appela d'une voix tonitruante :

— Hola ! quelqu'un !

Mme Lopion s'empressa d'accourir. Elle n'avait pas achevé sa révérence de bienvenue, que le colonel... le feutre sur l'oreille, la moustache en bataille et le regard menaçant, s'écriait :

— Je suis le colonel de la Morlière !...

Vous ne me connaissez peut-être pas, bonne femme... mais je vais vous apprendre qui je suis.

» C'est moi qui commande les troupes chargées d'en finir avec ce bandit de Mandrin.

— Ah ! très bien, mon colonel... fit Mme Lopion avec un sourire dont l'amabilité contrainte ne parvenait pas à dissimuler entièrement l'ironie.

Quant aux consommateurs, ils n'avaient pas bronché, et continuaient à s'absorber dans leurs libations et leurs discrètes causeries.

Seul, un grand gaillard, qui avait toutes les allures de ces chasseurs de chamois tels qu'on en rencontrait encore dans ces parages vers le milieu du dix-huitième siècle et qui, le dos tourné aux nouveaux arrivants, semblait absorbé, avec ses amis, en une partie de dés des plus captivantes, eut un rapide tressaillement qui, pour un œil exercé, pouvait ressembler à un léger haussement d'épaules.

La Morlière, d'un ton cassant, reprenait :

— J'ai faim, mes officiers aussi... Qu'avez-vous à nous donner ?

— De la volaille froide, du pâté, du saucisson, du lard, du veau froid, énumérait Mme Lopion. Mais si cela ne vous suffit pas, je puis vous battre une omelette... et vous faire réchauffer une gibelotte.

— Inutile, je suis pressé... Et pour le boire ?

— Nous avons de très bon vin, mon colonel, et de toutes sortes, du beaujolais, du nuits, du pommard, du châteauneuf-des-papes...

— Je vous dispense de cette litanie vinicole... Servez-nous ce que vous avez de meilleur, et vite !

— Bien, mon colonel.

En moins de cinq minutes, Mme Lopion, aidée de sa servante, qui ne pouvait s'empêcher de reluquer du coin de l'œil les beaux militaires dont les uniformes brillants semblaient vivement l'impressionner, apportait devant le colonel et son état-major une quantité de vivres et de boissons capable de remplir les estomacs les plus creux, et de désaltérer les gosiers les plus secs.

— Bon pays ! bonne maison !... reconnaissait la Morlière, qui venait de faire disparaître, en un clin d'œil, une aile de poularde, arrosée d'un grand verre de beaune au bouquet parfumé.

Et tout en attaquant une terrine de lapin, d'où s'exhalait le parfum appétissant de venaison, il scanda :

— Voilà ce qui doit nous consoler un peu de guerroyer contre des bandits !

Puis s'interrompant, il lança :

— Au fait, l'hôtelière, venez donc un peu ici.

— Mon colonel ?

— Est-ce que vous le connaissez, ce fameux Mandrin ?

Mme Lopion ne parut nullement embarrassée par cette question et, les mains dans la poche de son tablier, elle répondit :

— Mais oui, mon colonel... Je l'ai vu ainsi que tout le monde l'a vu par ici, passer avec ses hommes.

— Il n'est jamais entré chez vous ?

— Quelquefois.

— Alors, vous allez me donner des renseignements sur lui.

A ces mots, Mme Lopion parut perdre quelque peu de sa belle assurance.

— Quels renseignements ? articula-t-elle avec un visible embarras.

Mais le grand diable qui jouait aux dés se leva, faisant face à la Morlière... et d'un ton plein de belle humeur, il lança :

— Colonel, je suis mieux que quiconque à même de vous satisfaire. Que désirez-vous savoir ?

Et au milieu d'un grand silence, il s'installa sur un escabeau, près de la Morlière.

Celui-ci, tout interloqué, regardait d'un air agressif ce paysan, qui se permettait de lui adresser cavalièrement la parole. Cependant, il se contint, et toujours renfrogné, mais d'un ton relativement modéré, il attaqua :

— En somme, qu'est-ce que Mandrin ?

— Mandrin ! répliquait son interlocuteur, mais c'est tout simplement un honnête homme qui s'attaque aux oppresseurs, aux fermiers généraux et à leurs agents, afin de leur faire rendre gorge de tout l'argent qu'ils ont volé aux malheureux.

— Oh ! oh ! s'exclamait La Morlière, pour le défendre ainsi, il faut que vous soyez un de ses amis.

— Peut-être !

— Diable ! Vous allez pouvoir me donner son signalement.

— Avec plaisir... Visage sympathique, dans le genre du mien... front large, nez droit... yeux noirs comme les miens... Taille élevée, comme la mienne !...

Il n'acheva pas... La Morlière saisissait brusquement son pistolet à sa ceinture... en armait le chien... Mais il n'eut pas le temps de le braquer contre celui qui le défiait... Une main se posa sur son bras... c'était celle d'un des buveurs...

En même temps, tous les paysans se dressaient brusquement, braquant leurs fusils qu'ils avaient retirés de sous les bancs vers le colonel et ses officiers, qui avaient immédiatement compris que toute résistance était inutile.

Pâle de rage, La Morlière considérait d'un œil étincelant de fureur son adversaire qui, enlevant son feutre, le saluait d'un geste large, tout en disant :

— Colonel, j'ai l'honneur de vous présenter le capitaine Mandrin et ses soldats !

Et, désignant ses amis, qui semblaient n'attendre qu'un signe de lui pour s'emparer du colonel et de ses officiers, il continua :

— Voici l'élite de mes amis : Mi-Carême, mon trésorier ; Carnaval, mon secrétaire ; le Major, le Frisé, le Pays, le Brutal, Prêt-à-Boire, le Piémontais, le... Il ne continua pas.

En un brusque ressaut de son honneur militaire, le colonel La Morlière interrompait :

— Finissons-en avec cette comédie ! Et fusillez-nous tout de suite !

— Non, colonel, ripostait Mandrin en un superbe élan chevaleresque, vous êtes libre...

— Libre ?

— Ainsi que tous vos officiers.

— Vous vous moquez !

— Colonel, je ne me permettrais pas de plaisanter un seul instant avec un adversaire de votre envergure et de votre caractère. Camarades... présentez vos armes au chef vaillant, à l'homme d'honneur avec lequel nous allons prochainement en découdre.

Avec leur précision habituelle, les soldats de Mandrin exécutèrent l'ordre de leur chef.

Alors, La Morlière, se tournant vers ses troupes, ordonnait :

— Messieurs, partons !

Et après avoir lancé sa bourse à l'hôtelière, il gagna la porte, accompagné par ses officiers.

Mandrin l'accompagna sur le seuil.

— Au revoir, colonel ! fit-il, et à bientôt sans doute !

La Morlière se retourna vers lui... et le considéra un instant avec beaucoup moins de courroux que de surprise.

— Tout cela vous étonne ? scanda Mandrin, avec un sourire.

— Corbleu, oui !

Alors le capitaine fit, en le regardant bien dans les yeux :

— Colonel, j'ai voulu que vous puissiez dire à ceux qui vous envoyaient contre nous que Mandrin était non pas un bandit, mais un gentilhomme.

Cette fois, La Morlière ne put s'empêcher de porter la main à son chapeau.

Et tandis que Mandrin lui rendait

son salut, il sauta en selle, imité par ses officiers... et disparut dans un tourbillon de poussière.

Certes, il était arrivé bien des fois au brave La Morlière de se trouver en face d'événements aussi sensationnels qu'imprévus. Mais jamais encore, au cours de sa carrière mouvementée entre toutes, il n'avait été le héros d'une pareille aventure.

Comment ! c'était cela Mandrin, ce détrousseur de grands chemins, ce pillard des caisses publiques qu'il se représentait sous les traits d'un hideux bandit, ivre de sang et de carnage !... Du coup, la mauvaise humeur du colonel s'était transformée en une satisfaction profonde d'avoir affaire non plus à un individu qu'il croyait être un gredin, mais à un adversaire que sa courtoisie, sa loyauté, sa générosité lui rendaient intéressant et presque respectable.

Il ne s'étonnait plus maintenant ni de ses succès, ni de sa popularité.

— C'est un homme ! se répétait-il à lui-même, et un rude homme encore... Allons ! j'aime mieux cela !

Aussi, était-il dans d'excellentes dispositions d'esprit, lorsqu'il franchit la grille du château des Aigles.

Bouret d'Erigny le reçut avec beaucoup d'empressement.

— Colonel, fit-il, je vous attendais avec une vive impatience.

« Vous avez dû apprendre, en effet, que Mandrin poursuivait la série de ses exploits... Il y a quelques jours, déguisé en fantôme, il dépouillait de tout son or un ancien agent du fisc, le sieur Pincemaille... Lundi dernier, il dévalisait la caisse du receveur de Saint-Marcellin et, hier, il attaquait et enlevait un convoi de sel sur la route de Vif à Monestier... Mais tout cela va finir, colonel, puisque vous voilà enfin !

— Je le souhaite ! grommelait La Morlière en tortillant sa grosse moustache.

— Comment ! s'étonnait le fermier général, vous n'en êtes pas sûr ?

— Mandrin, ripostait le colonel, n'est pas de ceux que l'on réduit facilement à merci.

— Un soldat tel que vous n'a pas le droit de douter un seul instant de sa victoire.

— Je n'en doute pas ! se récriait vivement La Morlière. Mais à ne vous rien cacher, monsieur le fermier général, ce Mandrin m'est infiniment sympathique.

Bouret d'Erigny eut un violent sursaut :

— Mandrin ! s'écria-t-il... Sympathique ! à vous ?

— Parfaitement !

— Colonel, vous me surprenez à un point que je ne saurais vous dire... Ce brigand, ce misérable !...

— Je viens de le voir... coupait La Morlière, avec une tranchante netteté.

— Et vous ne l'avez pas arrêté ?

— Cela m'était bien difficile, monsieur le fermier général.

— Pourquoi donc ?

— Nous étions quatre contre cinquante...

— Et Mandrin ne vous a pas assassinés ?...

— Mandrin nous a remis en liberté.

— C'est inimaginable !

— Je n'en suis moi-même pas encore revenu...

— N'empêche, grinçait Bouret hors de lui, que ce Mandrin est un infâme bandit.

— Non ! rectifiait le colonel La Morlière, c'est un militaire !

X

LE ROI LOUIS XV

Louis XV avait écouté le récit de Nicale sans l'interrompre une seule fois.

Tout d'abord, il n'avait pas semblé y prendre un plaisir extrême.

Mais, peu à peu, à mesure que Nicole, avec cette franchise ingénue et cet esprit naturel qui la caractérisaient, lui retraçait les péripéties de son extraordinaire aventure, ses yeux s'animaient, un léger sourire entr'ouvrait ses lèvres...

Le roi s'amusait !... Et c'était un événement si rare que la marquise, très favorablement impressionnée, ne cessait d'encourager sa cousine par d'adr...s signes de tête qui achevaient de rendre courage et donner espoir à la charmante solliciteuse.

Lorsqu'elle se tut, Louis XV était radieux... Depuis fort longtemps, en effet, il ne s'était autant diverti... et il trouvait cette histoire vécue infiniment plus piquante que les petits potins de cour, les anecdotes des gazettes et même les rapports secrets de police qu'il se faisait communiquer chaque jour.

Saisissant la main de la jolie narratrice, qui était restée debout devant lui, il reprit en donnant à son sourire une expression quelque peu égrillarde :

— Décidément, ce Mandrin est un heureux drôle !

Mais Nicole s'écriait en rougissant :

— Pas encore, sire.

— Que signifie ?

Nicole, fort intimidée, baissa la tête et garda le silence.

— Voyons, parlez, encourageait Louis XV, dont la curiosité était fort éveill[ée].

Et il ajouta en tapotant la joue de la jolie Mme Mandrin :

— Voilà un dénouement auquel je ne m'attendais guère, et je suis fort désireux d'en connaître les causes.

— Sire, s'enhardissait Nicole, je vais tout vous dire. Le soir de nos noces, il s'est produit un incident qui m'a inspiré la décision de venir me jeter à vos pieds. Mon mari, ayant appris qu'un de ses compagnons avait été fait prisonnier... a voulu voler tout de suite à son secours, et il m'a quittée au moment où...

— Où ?

— Nous allions franchir le seuil de la chambre nuptiale.

— J'avoue, riait franchement le roi, que je n'aurais pas eu un tel courage.

— Sire, ripostait Nicole, Mandrin est de ceux qui font passer le devoir avant l'amour.

— Alors, c'est un héros ? ironisait finement Louis XV.

— Oui, sire ! répliquait la fille des Malicet avec une belle crânerie.

Et, achevant de s'animer tout à fait, elle poursuivit :

— Ne croyez pas, sire, que le brusque départ de mon mari m'ait laissée insensible... J'ai beaucoup pleuré..., et c'est alors que M. de Voltaire dont je vous ai décrit tout à l'heure la généreuse hospitalité m'a déclaré que si je parvenais à obtenir de Votre Majesté la grâce de Mandrin en même temps qu'un brevet d'officier aux armées, il était certain que mon mari était appelé aux plus brillantes destinées.

» C'est aussi mon avis.

» Alors, je n'ai pas hésité... et sans attendre son retour, je suis partie... confiante en la bonté dont Votre Majesté vient déjà, en m'écoutant avec tant de patience, de me donner une preuve inestimable.

— Décidément !... scandait Louis XV... vous êtes une drôle de petite mariée... Qu'en pensez-vous, marquise ?

— Je pense, sire, répliquait Mme de Pompadour, persuadée que Nicole avait gagné sa cause, que M. de Voltaire a donné à ma cousine un excellent conseil.

— M. de Voltaire, reprenait le roi, dont le visage s'était rembruni, est certes un grand poète dont j'estime infiniment le talent, mais c'est un dangereux philosophe dont je ne puis que réprouver les idées... et si vif soit mon désir d'être agréable à votre charmante cousine, je ne puis lui accorder la grâce de son mari.

— Sire ! s'écriait Nicole en pâlissant.

— Votre Majesté, insistait la favorite, s'en voudra, j'en suis sûre, de faire pleurer ces beaux yeux-là.

— Je m'en veux déjà, déclarait Louis XV... Mais, ainsi que Mandrin, ne suis-je pas obligé de faire passer mon devoir avant mon amitié?

— Soyez clément, sire, intervenait la marquise.

— Votre ami, M. de Voltaire, répliquait le monarque, a, je le sais, écrit quelque part que la clémence devrait être la coquetterie des rois... Malheureusement, les actes de Mandrin ne me permettent pas d'avoir envers lui une pareille faiblesse !

— Sire ! s'écriait Nicole... si vous m'accordiez la faveur que je sollicite, le peuple vous bénirait d'avoir gracié son sauveur.

— L'amour, mon enfant, vous fait perdre la tête.

— Non, sire, c'est ma raison qui vous parle d'accord avec mon cœur.

» Faites que je reparte avec un ordre de grâce et je vous jure qu'il n'est pas une chaumière de votre royaume où le nom de Louis le Bien-Aimé ne sera vénéré comme celui d'un père !

— Louis le Bien-Aimé... répétait le roi avec un accent de mélancolie.

Louis le Bien-Aimé, n'était-ce pas toute sa jeunesse, le début de son règne qui s'annonçait si plein de brillantes promesses, dans le crédit touchant de confiance et d'amour que, si spontanément, lui accordait son peuple, que Nicole venait soudain d'évoquer... Et il se rappelait la sincère douleur, l'immense angoisse qui, au cours d'une maladie que l'on pouvait croire mortelle, avait empoigné tout son royaume, et surtout ces humbles gens qui, séduits par la noblesse de son attitude, la douceur de son regard, la bienveillance de son sourire, se persuadaient voir revivre en lui un Henri IV !

Ah ! comme il les avait promptement déçus !... Comme il s'était promptement éloigné d'eux pour s'isoler dans la splendeur de ses palais, dédaignant leur naïve et respectueuse tendresse, se désintéressant de plus en plus des affaires de son royaume... étalant bientôt au grand jour les désordres de sa vie privée, gaspillant, flétrissant, annihilant les belles qualités dont il était doué, jusqu'à l'heure où, gavé de plaisirs, il s'était senti envahi par cet ennui morbide qui avait achevé de créer entre son peuple et lui un mur à travers lequel il ne voulait ou ne pouvait plus rien voir ni rien entendre.

Et voilà que, tout à coup, faisant une brèche à travers l'obstacle, lui apparaissait, sous les traits exquis d'une amoureuse ardente et éplorée, l'image même de toutes les douleurs et de toutes les misères que, sans doute il soupçonnait, mais dont il s'était toujours interdit d'écouter les déchirants appels.

La lumière se faisait soudain dans son esprit... Son âme glacée par une indifférence égoïste mais dénuée de toute méchanceté foncière, se réchauffait au contact de cette flamme de vérité que cette petite fille de France venait tout à coup de faire briller à ses yeux... Celui qui, depuis si longtemps, avait cessé d'être un roi, un époux, un père, celui qui ne savait même plus être un amant et n'avait pas, comme son aïeul Louis XIV, l'excuse du génie pour masquer ses déchéances, allait-il, en un geste, hardi, il est vrai, et même d'une gravité dont il ne se dissimulait pas les conséquences, rappeler au monde que la France avait toujours un roi, et que ce roi, en graciant Mandrin, en prenant parti nettement pour lui contre les oppresseurs, ouvrait une ère nouvelle, en donnant lui-même le signal d'une révolution attendue et nécessaire ?

C'était un véritable coup d'Etat que Nicole, sans s'en douter, demandait à Louis XV d'accomplir ; et la femme d'intelligence supérieure qu'était Mme de Pompadour le comprenait à merveille et mieux encore peut-être que le principal intéressé... dont le trouble intérieur et les hésitations de son esprit encore mal dégagé des obscurités dans lesquelles il s'était engourdi, se révélaient si nettement sur son visage.

— Sire, reprenait la favorite, avec une gravité que Louis XV ne lui connaissait pas, permettez-moi à mon tour de faire appel à votre bonté.

— Comment ! vous aussi, madame ?

— Oui, sire... je vous suis trop grandement et trop sincèrement attachée pour ne pas saisir avec empressement l'occasion de vous en donner la preuve... Cette enfant vous apporte le moyen de reconquérir l'affection de votre peuple... en infligeant un désaveu formel à ceux qui, en votre nom, à l'abri de votre autorité, le rançonnent et le ruinent chaque jour davantage.

— Marquise ! s'exclamait Louis XV, vous parlez comme vos protégés de l'Encyclopédie.

— Voltaire, Diderot, d'Alembert, sire, sont de grands écrivains.

— Dites de mauvais esprits !

— Sire, ce sont vos flatteurs qui le prétendent... J'ose espérer que moi, votre véritable amie, j'aurai plus de poids dans la balance de votre justice, que vos courtisans qui ne songent qu'à leurs intérêts ou à leurs plaisirs !

Louis XV eut un geste agacé. Sans doute était-il plus fatigué que convaincu par cette discussion qu'il commençait à trouver fastidieuse... Cependant, il subissait néanmoins l'ascendant de la favorite qui avait su trouver les mots qu'il fallait pour le mettre en face de réalités que, dans son appréhension maladive d'être obligé de songer à l'avenir, il avait toujours volontairement méconnues.

Entrevit-il le gouffre creusé sous la monarchie, ainsi que le rôle admirable qu'il pouvait remplir, s'il eût été un vrai roi de France, c'est-à-dire un conducteur de peuple, uniquement préoccupé d'affermir son pouvoir et d'assurer le sort de sa dynastie, non pas de grands coups d'autorité despotique, mais au moyen de promptes et salutaires réformes ? Peut-être... car sa paresse cérébrale n'avait pas encore annihilé en lui cette belle intelligence dont son apathie naturelle ne lui avait point permis de faire usage.

Mais en cette rapide vision de vérité, il entrevit aussi toutes les difficultés d'une pareille tâche...

En se rangeant ouvertement du côté des petits, il s'aliénait les grands.

Non seulement toute cette noblesse, férue de privilèges qui allait se dresser contre lui, mais encore tous ses ministres, tous ses fonctionnaires sur lesquels reposait l'édifice même de l'Etat... et son hésitation se traduisit par ces paroles :

— Que diraient les fermiers généraux ?

Cette fois, ce fut Nicole qui, bravement, riposta :

— Sire ! si vous connaissiez les calamités que causent ces gens dans tout votre royaume... si, comme moi, vous aviez assisté au véritable martyre de ces malheureux, dépouillés de leurs biens, de leurs meubles, de leurs plus chères reliques de famille, si vous les aviez vus, errant dans la campagne, obligés de chercher un abri dans les bois ou dans les grottes sauvages, si vous aviez entendu les cris de ces petits enfants, les sanglots de ces mères, cherchant è réchauffer contre leurs poitrines décharnées leurs petits agonisants de froid et de faim, oui, si vous vous étiez, un jour, rencontré face à face avec l'un de ces troupeaux de misère qui sillonnent les routes de vos provinces, ce n'est pas Mandrin qui ferait la guerre aux fermiers généraux, c'est vous, sire, qui les feriez pendre !

Nicole s'était exprimée avec une telle flamme qu'on eût dit que c'était la France qui parlait par sa bouche.

— Sire ! crut pouvoir ajouter Mme de Pompadour... ne laissez pas plus longtemps fermenter tous ces éléments de discorde... tout ce levain de révolte qui menace votre trône et votre personne.

Mais en un ressaut de fierté ancestrale, Louis XV s'écriait :

— Marquise... un roi de France ne cède jamais à la crainte.

Et, désireux d'échapper à l'émotion qui le gagnait, il allait s'éloigner.

Nicole, croyant que tout était perdu, se jeta dans les bras de sa cousine, qui l'embrassa tendrement.

Louis XV les regarda un instant ; puis il eut un sourire énigmatique et quitta le boudoir.

Nicole, toute secouée de désespoir, murmurait au milieu de ses sanglots :

— C'est fini... Le roi refuse !

— Attendons encore... je suis sûre que vous l'avez intéressé et même ému.

— Oui, mais il va demander l'avis de ses ministres, et surtout de ce terrible lieutenant de police qui est si acharné à perdre mon mari.

— Ne suis-je pas là pour combattre son influence ?

— Vous êtes la meilleure des parentes, la plus dévouée des amies, et j'avais raison de compter sur vous... Mais ne m'en veuillez pas de vous parler ainsi... Tant que je n'aurai pas l'ordre de grâce signé par Sa Majesté, je ne serai pas tranquille.

— Chère petite amoureuse... murmurait la marquise... Allons, ne pleure pas ainsi... le roi n'aime pas les visages tristes et les yeux rouges... et j'entends que ce soir tu assistes à mon souper... car je n'ai pas dit mon dernier mot ; et si, comme je l'espère, Sa Majesté est de bonne humeur, je compte bien, au dessert, lui arracher sa signature.

— Pour cette bonne parole, laissez-moi vous embrasser !

Toute réconfortée, Nicole fit claquer sur les joues de sa cousine deux bons baisers.

Mais bientôt une petite porte en tapisserie s'ouvrait lentement et Louis XV apparaissait et s'avançait vers les deux cousines qui, assises sur un canapé, causaient intiment à voix basse... préparant sans doute leur plan d'attaque pour la soirée.

A la vue du roi, elles se levèrent et Louis XV, toujours silencieusement, remit à Nicole toute tremblante, un papier qu'il tenait à la main.

Nicole lut à haute voix :

« *Tel est notre bon plaisir :*

» *Nous faisons grâce au sieur Louis Mandrin, condamné par le Parlement de Grenoble à être roué vif, et ordonnons qu'il soit laissé en liberté, sous condition qu'il contractera un engagement dans l'un de nos régiments.*

» Fait en notre palais de Fontainebleau, en l'an de grâce 1751.

» LOUIS. »

Nicole, transportée de joie, allait tomber aux genoux du roi ; mais celui-ci la releva en disant :

— Je vous ai dit, mon enfant, que je ne cédais jamais à la crainte, mais je sais toujours pardonner à l'amour.

Et il appuya ses lèvres sur le front de Nicole qui, riant... et pleurant à la fois, ne savait comment lui exprimer sa reconnaissance. Puis, la remettant à la marquise, radieuse, elle aussi de cette belle victoire, il ajouta :

— Renvoyez vite cette belle enfant ; car il ne me déplairait pas d'être son troisième mari. Mais je jure que je ne la laisserais point s'échapper derechef le soir de ses noces.

L'air satisfait, Louis XV allait se retirer ; mais, enhardie par tant de bienveillance, Nicole reprenait :

— Votre Majesté va dire que j'abuse de son immense bonté.

— Parlez, mon enfant...

— Je connais Mandrin.

— Eh bien ?

— Je ne doute point qu'il ne se montre, comme moi, profondément reconnaissant envers Votre Majesté et qu'il ne tienne à le lui prouver par un dévouement sans limites...

— J'y compte ferme... déclarait Louis XV, décidément subjugué par la grâce de Nicole, qui poursuivait :

— Mais Mandrin n'acceptera sa grâce que s'il est certain que ses compagnons ne seront point inquiétés.

— Tudieu, ma belle... que vous êtes exigeante !

— Sire... accordez-moi cette dernière faveur.

— Puisque je suis aujourd'hui en veine de clémence, je ne saurais rien vous refuser.

Et, s'emparant de l'ordre de grâce, Louis XV se dirigea vers un délicieux secrétaire en bois de rose et, s'y installant, il traça en marge ces mots qu'il fit suivre de son paraphe :

« J'entends que ladite grâce soit accordée aux mêmes conditions à tous les complices de Mandrin. »

Et, remettant le document à Nicole, il reprit :

— Il ne me reste plus, maintenant, qu'à vous souhaiter beaucoup de bonheur.

— Sire, s'écriait Nicole, en embrassant la main que lui tendait le roi... je n'oublierai jamais ce que je dois à Votre Majesté.

— Ce soir, déclarait le Bien-Aimé, je compte bien vous voir au souper de la marquise...

Mme de Pompadour répliquait avec un fin sourire :

— Sire, ne m'avez-vous pas recommandé de faire partir tout de suite ma cousine ?

— C'est fort juste, admettait Louis XV... mais j'espère bien que nous nous reverrons.

Mais la favorite, avec une expression de malice charmante, reprenait :

— Sire, rappelez-vous que Mandrin vole parfois la femme des autres, mais qu'on ne prend jamais la sienne !

. . . .

Malgré toute la sympathie que lui inspirait Mandrin, le colonel de La Morlière était résolu à mener rondement sa campagne et à en finir une bonne fois pour toutes avec le capitaine général des contrebandiers.

D'abord, il avait passé une inspection minutieuse de son régiment d'*argoulets* et il avait donné à ses officiers, aussi bien qu'à ses soldats, les instructions les plus rigoureuses... promettant une forte récompense à qui capturerait Mandrin et menaçant de représailles les plus sévères ceux qui le laisseraient échapper.

Puis, il avait divisé son régiment en trois portions égales, envoyant la première renforcer les gendarmes et les douaniers chargés de surveiller la frontière, prenant la seconde sous son commandement direct en vue de la bataille prochaine et gardant la troisième en réserve, au cas, toujours possible, où la résistance de Mandrin se ferait pas trop opiniâtre.

Or, depuis son entrevue avec La Morlière, on eût dit que Mandrin était devenu invisible, ou, tout au moins, insaisissable.

Redoutait-il d'engager la lutte avec des forces aussi bien organisées par un chef qui avait la légitime réputation de n'avoir jamais subi d'échec ?

Avait-il résolu de transporter plus loin le théâtre de ses exploits ? Ou bien, hypothèse encore plus vraisemblable, méditait-il quelque grand coup destiné à bouleverser même ses adversaires ?

Photo-film Cinéromans.

— *Allez au diable ! Et que je ne vous retrouve plus sur ma route, s'écria rageusement Bouret d'Erigny.*

Photo-film Cinéromans.

Parmi les rires tonitruants et tout en levant leurs gobelets, les contrebandiers lançaient, d'une voix forte, la joyeuse chanson que Mi-Carême venait de composer.

Photo film Cinéromans.

— *Le roi ?... grâce à Mandrin ? répète-le donc ! rugit La Morlière.*

Tout cela n'était pas sans préoccuper vivement le colonel... Aussi, bien qu'il lui répugnât d'employer ce qu'il appelait dédaigneusement les gens de police, il avait dû néanmoins accepter, d'accord avec Bouret d'Erigny, les services de Pistolet, qui se faisait fort de lui procurer tous les renseignements dont il avait besoin pour mener à bien sa difficile entreprise...

L'exempt, qui brûlait du désir de prendre une prompte et éclatante revanche, s'était littéralement multiplié. Il avait même poussé l'audace jusqu'à pénétrer de nouveau par le souterrain de Saint-Barnabé jusqu'au château de Bon-Repos, où Mandrin continuait à résider en attendant le retour de Nicole ; et, caché dans la garde-robe de la marquise de Montferrat, il avait surpris une conversation fort intéressante du capitaine avec ses principaux lieutenants.

Mandrin, en effet, pendant ces quelques jours de trêve, avait rassemblé autour de lui tous les effectifs des contrebandiers dont il disposait, c'est-à-dire environ deux mille hommes, avec lesquels il prétendait mettre en déroute l'armée de La Morlière. Approvisionnés en armes toutes neuves (1), ayant à sa portée de véritables magasins de poudre et à sa disposition une excellente cavalerie, qu'il s'était procurée aux foires de Romont et de Nyon, en Suisse, et de Carouge, en Savoie, il avait décidé de passer la frontière le dimanche suivant avec l'élite de ses troupes, d'enlever, en plein territoire français, la caisse de l'entreposeur des tabacs de Vizille.

Pistolet s'était empressé d'avertir le colonel La Morlière, et celui-ci, qui n'attendait que l'occasion de livrer bataille, quittait Grenoble dans la journée du samedi avec ses *argoulets*.

Dans la nuit, il atteignait le petit village de Guerrat, situé à quelques portées de fusil de Vizille... où il avait envoyé quelques émissaires chargés de lui signaler l'arrivée de Mandrin.

Mais Mandrin, lui aussi, ne manquait pas d'espions, qui l'avaient immédiatement prévenu des dispositions belliqueuses de La Morlière. Loin de renoncer à son expédition, il l'avait, au contraire organisée de telle sorte que la surprise n'allait pas être pour lui, mais pour ses adversaires. A la tête de cinq cents cavaliers et de cinq cents fantassins, au jour et à l'heure dits, il franchissait la frontière, bousculant les gendarmes et les douaniers de garde et il arrivait comme une trombe dans la petite cité de Vizille où La Morlière et ses argoulets ne tardaient pas à le rejoindre... Et ce fut une mêlée indescriptible qui se termina par la défaite de La Morlière.

Le colonel laissait sur le carreau plus de cent cinquante morts, sans compter les blessés... et deux de ses officiers durent l'entraîner par force du champ de bataille, sans quoi il était fait prisonnier.

— Quand on pense que ce Mandrin m'a fait battre en retraite, moi... écumait-il... Je suis à jamais déshonoré !...

Et lorsque, le soir, il rentra à Grenoble, à la tête de sa petite armée, il était dans un tel état de fureur et de désespoir que ses aides de camp eurent toutes les peines du monde à l'empêcher de se brûler la cervelle.

Non moins grande fut la fureur de Bouret d'Erigny à l'annonce de ce désastre... Et le soir même, il décidait de partir pour Paris afin d'aller exposer lui-même la situation au lieutenant de police... et de se concerter avec les autres fermiers généraux.

Mais Bouret d'Erigny n'était pas au bout de ses déceptions et de ses surprises.

En arrivant à Chalon-sur-Saône, au moment où il pénétrait dans la grande salle d'une hostellerie où il avait dé-

(1) *Mandrin*, par Funck-Brentano, p. 235.

cidé de passer la nuit, la première personne qu'il aperçut installée devant une table et finissant de souper, ce fut Nicole.

Un moment, il crut qu'il était l'objet d'une hallucination... Mais non, c'était bien elle, calme, souriante, reposée, plus jolie peut-être encore dans le charmant costume de voyage que lui avait donné la marquise de Pompadour qu'elle ne l'était sous ses voiles de mariée.

Cette fois... le fermier général crut qu'il tenait une partie de sa vengeance. Et, s'avançant vers Nicole qui ne l'avait pas aperçu, il s'écria sur un ton plein d'autorité menaçante :

— Que faites-vous ici, madame ?

XI

UN ORAGE DE PALAIS

Nicole n'avait paru nullement troublée par la subite apparition du fermier général... Elle le considérait, au contraire, avec un air de tranquille ironie... Et d'une voix très calme, elle reprit :

— Vous me demandez, monsieur, ce que je fais ici ? Croyez que je n'éprouve aucune peine à vous répondre... Je vais rejoindre mon mari !

— Votre mari ? s'exclamait M. d'Erigny.

— Mais oui, mon mari... appuyait Nicole, dont les jolis yeux clairs pétillaient de malice.

— Il me semble que c'est moi ! insinuait le financier, de plus en plus éberlué par cette attitude.

— Vous vous trompez, monsieur, reprenait Nicole, je ne suis pas et je n'ai jamais été votre femme.

— Que signifie ?

— Je suis, devant Dieu et devant les hommes, l'épouse légitime du capitaine Mandrin.

— Quelle est cette ridicule plaisanterie ?

— Je ne plaisante pas du tout, monsieur. Le soir même où j'ai quitté le château des Aigles, le bon curé de Beaujeu bénissait notre union, de ses vénérables mains, dans la chapelle du château de Saint-Barnabé.

— Mais, nous ?... objectait le fermier général.

— Nous ?... ripostait Nicole, cela ne comptait pas.

— Comment !... Cela ne comptait pas ?

— Le prêtre qui nous a unis n'était pas un prêtre.

— C'est impossible !

— C'était Mandrin en personne...

— Mandrin ?

— Oui, Mandrin, assisté de ses deux meilleurs lieutenants. Je suis prête, si vous l'exigez, à vous en donner la preuve.

A la façon dont Nicole s'exprimait, Bouret d'Erigny comprit qu'elle parlait sérieusement.

Cruellement ulcéré de sentir lui échapper à tout jamais celle qui lui avait inspiré la plus grande passion de sa vie, outré d'avoir été berné par le contrebandier et furieux du rôle ridicule qu'il avait joué dans toute cette aventure, le fermier général s'écria, d'une voix éclatante :

— La justice ne tardera pas à me venger de cette sanglante injure. Et votre Mandrin sera bientôt roué vif !

A ces mots, un murmure nettement désapprobateur s'éleva d'un groupe de buveurs attablés dans la salle, paysans, rouliers, colporteurs, artisans, tous fanatiques du grand révolté dont ils connaissaient, approuvaient et admiraient, sans restriction, les retentissants exploits.

Sans prendre garde à cette petite manifestation qui aurait dû cependant l'avertir qu'il n'était pas précisément entouré d'une atmosphère sympathique, Bouret d'Erigny, n'écoutant que sa colère, scandait, avec un accent de haine féroce :

— Oui, roué vif, roué vif... et vous, je me charge de vous faire enfermer dans un couvent, vous m'entendez... dans un couvent jusqu'à la fin de vos jours !

Nicole, toujours aussi maîtresse d'elle-même, ripostait :

— Pas plus que je n'ai à redouter d'être cloîtrée, Mandrin n'a à craindre un pareil supplice.

— C'est ce que nous verrons !

— C'est tout vu !... Et par la raison bien simple que le roi a fait grâce à Mandrin.

— Allons donc !...

» Le roi a fait grâce à Mandrin ! répétait le financier avec un rire sarcastique.

» Ah ! ça, vous me prenez donc pour un imbécile ?

— Et moi pour une menteuse ?

— Il n'est pas possible que Sa Majesté ait laissé surprendre sa bonne foi au point d'absoudre un aussi abominable criminel.

— Cela est, pourtant !

» Ainsi que tous ses compagnons.

— Je ne vous crois pas ! Mandrin gracié !

» Louis XV, si grande soit sa faiblesse, n'a pu prendre une décision pareille.

— Il l'a prise !

— Je vous répète que c'est impossible !

— Et si je vous mettais sous les yeux l'ordre signé par le roi ?

— Je vous en défie !

— Le voici ! déclarait Nicole en montrant à Bouret l'arrêté royal qu'elle avait pris dans son corsage.

Et tout en le gardant entre ses mains, elle ajouta :

— Lisez !

Tremblant de colère et d'épouvante, le fermier général parcourut des yeux le document libérateur et, hors de lui, il voulut l'arracher à Nicole. Celle-ci, d'un bond, avait mis entre elle et lui le rempart d'une table.

Perdant tout à fait la tête, Bouret voulut se précipiter sur elle... Mais les buveurs qui avaient suivi cette scène avec un intérêt sans cesse croissant, se levèrent brusquement... et l'un d'eux, un grand gaillard à la carrure athlétique, empoignant le financier par le bras, le secouait furieusement tout en le menaçant :

— Si tu ne laisses pas cette jeune dame tranquille, c'est à moi que tu vas avoir affaire !

— A la porte ! clamaient les autres buveurs que le patron de l'hostellerie cherchait en vain à apaiser.

— Oui, à la porte... dehors !

Ce fut une irrésistible poussée qui, en un clin d'œil, conduisit rudement, jusqu'au seuil le financier qui avait immédiatement senti que toute résistance de sa part ne pouvait que lui être funeste. Et, brutalement, la porte se referma sur lui... tandis que les bonnes gens de l'auberge, entourant Nicole, la félicitaient et lui déclaraient qu'ils étaient tous prêts à monter une garde vigilante autour d'elle.

Bouret d'Erigny ne s'attarda pas dans la cour. Après avoir réclamé son cheval à un valet d'écurie, il prit le parti d'aller chercher un gîte ailleurs ; et bientôt, dans une chambre de l'hôtel du *Faisan doré*, où il s'était fait servir un souper auquel il toucha à peine, il se prit à réfléchir sur la gravité de la situation qui venait de lui être révélée et il ne tarda pas à conclure que le plus urgent était de gagner en toute hâte Fontainebleau et d'obtenir que Louis XV révoquât l'ordre de grâce que Nicole, sans doute puissamment aidée par la marquise de Pompadour, avait si habilement réussi à arracher à sa nonchalante et coupable indifférence. Et le lendemain matin, dès la première heure, après une nuit fort agitée, il reprenait la route, à francs étriers, brûlant les étapes.

Trois jours après, le marquis d'Argenson, qui avait suivi la cour à Fontainebleau, prenait connaissance, en compagnie de son secrétaire, du volumineux courrier qui lui parvenait chaque jour.

Parmi les dépêches qui encombraient son bureau, il en était une qui avait d'autant plus retenu son attention qu'elle lui était tout particulièrement agréable.

C'était le dernier message du colonel La Morlière. Il était ainsi conçu :

« J'ai achevé de grouper mes forces...
» Mes argoulets paraissent dans une
» forme excellente, et je crois pouvoir
» affirmer à Votre Excellence que la
» capture de Mandrin n'est plus qu'une
» question d'heures. »

Le lieutenant de police ignorait donc encore la sanglante défaite que Mandrin avait infligée au colonel.

Il n'était d'ailleurs pas plus au courant de la mesure de clémence que le roi avait prise en faveur du révolté. Louis XV, en effet, suivant son principe de remettre toujours au lendemain les affaires sérieuses et redoutant, non sans raison, les remontrances que ne manquerait pas de lui adresser son ministre, avait prié la marquise de Pompadour de garder le silence le plus absolu sur toute cette affaire.

Loin de regretter de s'être laissé convaincre par Nicole et par la favorite, Louis XV, qui avait toujours eu un goût particulier pour les tractations secrètes, considérait au contraire qu'il avait accompli, en l'occasion, un acte de très fine diplomatie et se réjouissait d'avance de la figure déconfite du marquis d'Argenson, lorsqu'il lui annoncerait la soumission de Mandrin et de ses camarades et qu'il lui ferait constater qu'il avait réussi, avec une simple signature, à mettre fin à une agitation que les mesures violentes n'avaient fait qu'aggraver. Tant pis si les fermiers généraux se permettaient quelques criailleries ! N'avait-il pas le moyen de leur clore le bec en leur disant :

— Qu'avez-vous à réclamer... puisque je vous ai débarrassés, par la clémence, d'un ennemi que vous n'avez pu réduire par la force ?

» Je préfère compter quelques braves soldats de plus dans mon armée que de donner un surcroît de besogne au bourreau.

Et Louis XV concluait :

— De cette façon, je donne satisfaction aux fermiers généraux, en leur accordant désormais toutes les facilités dont ils ont besoin pour percevoir les impôts, au peuple en n'immolant pas son idole, et aux philosophes qui, pendant quelque temps au moins, me laisseront la paix.

Somme toute, ce n'était point trop mal raisonné. Mais le Bien-Aimé avait compté sans Bouret d'Erigny d'autant plus acharné à frapper Mandrin qu'il ne s'agissait plus seulement de ses intérêts financiers, mais que son orgueil et son honneur exigeaient une réparation aussi prompte qu'éclatante.

L'arrivée du fermier général allait donc déchaîner un de ces orages de palais que, seule, l'autorité d'un Louis XIV aurait pu apaiser.

Bouret d'Erigny était, en effet, décidé à jouer la partie jusqu'au bout, dût-il y laisser son privilège, sa fortune, sa liberté et même sa vie.

En arrivant à Fontainebleau, sans même prendre le soin d'essuyer la poussière qui recouvrait ses vêtements, il faisait demander au lieutenant de police une audience pour une affaire d'une urgente et exceptionnelle gravité... et M. d'Argenson, surpris de l'arrivée inopinée du fermier général qu'il croyait toujours en Dauphiné, en train de diriger les opérations contre Mandrin, ordonna qu'on l'introduisît immédiatement en sa présence.

A la vue du financier dont les traits ravagés et la fièvre du regard révélaient l'état d'âme mieux encore que le désordre de son costume, le lieutenant de police eut aussitôt l'intuition qu'une catastrophe venait de se produire. Et d'un ton anxieux, il interrogea :

— Monsieur le fermier général, vous nous apportez donc de fâcheuses nouvelles ?

D'une voix saccadée, M. d'Erigny répliquait :

— Plus mauvaises encore, Excellence, que vous ne pouvez vous l'imaginer.

D'un geste bref, M. d'Argenson congédia son secrétaire. Puis, seul en face de Bouret, il invita :

— Parlez !

— Monsieur le lieutenant de police, déclarait le financier, nous venons d'éprouver un terrible échec.

— Que m'apprenez-vous là ?

— Mandrin a battu La Morlière à plates coutures.

— Cependant, objectait le lieutenant de police, j'ai là un rapport de cet officier qui m'annonce la prochaine capture de Mandrin.

— Le colonel La Morlière a vendu la peau de l'ours avant qu'elle fût à terre... répliquait le fermier général.

» En effet, dimanche dernier, au village de Guerrat, à la suite d'une terrible bataille où il a perdu une bonne partie de son effectif, il n'a dû qu'à une prompte retraite de ne pas être fait prisonnier. Cette éclatante victoire du bandit, dont la nouvelle s'est répandue dans toutes les provinces du Sud-Est, a achevé d'enthousiasmer nos ennemis, ainsi que tous ceux qui s'obstinent à considérer Mandrin comme un libérateur. La véritable armée que commande ce misérable se grossit de jour en jour de recrues importantes et nos espions affirment que Mandrin se prépare à s'emparer de Grenoble et à y installer un gouvernement dont il se fera proclamer le chef.

— Voilà qui devient singulièrement inquiétant ! opinait M. d'Argenson.

— Et voilà pourquoi, déclarait Bouret d'Erigny, je n'ai pas hésité un seul instant à me rendre à Fontainebleau pour vous exposer une situation rendue plus grave encore par une mesure qu'à cru devoir prendre Sa Majesté.

— Que voulez-vous dire ?

— Le roi a signé la grâce de Mandrin.

A ces mots, M. d'Argenson, malgré tout l'empire qu'il avait sur lui-même, se dressa d'un bond, et le visage empourpré, il s'écria :

— Qui a pu vous conter une pareille sornette ?

— J'ai vu, de mes yeux, scandait le financier, l'ordre de grâce entre les mains d'une femme dévouée corps et âme à Mandrin.

— Cet ordre ne peut être qu'un faux.

— Il porte, au contraire, toutes les marques de la plus rigoureuse authenticité.

— Cependant, observait le lieutenant de police, Sa Majesté ne m'en a rien dit ; et je ne puis croire qu'elle ait agi de la sorte sans m'en prévenir et sans même me demander mon avis.

— Je ne doute pas, martelait le fermier général, que le roi n'ait envers vous, qui le servez si fidèlement la plus entière confiance et la plus parfaite estime. Mais permettez-moi de vous rappeler, Excellence, que, si grande soit votre influence auprès de Louis XV, il en est autre autre contre laquelle rien ne saurait prévaloir.

— Celle de la marquise ?

— Précisément ! Et quand je vous aurai dit que la femme qui a remporté triomphalement en Dauphiné l'ordre de grâce n'est autre que la cousine de la favorite, c'est-à-dire la misérable, la gueuse qui s'est jouée de moi en se faisant enlever par Mandrin, le soir même de notre mariage, vous comprendrez, monsieur le lieutenant de police, comment Sa Majesté s'est si facilement laissé fléchir et pourquoi elle a devers vous observé un si complet silence !

A présent, aucun doute ne pouvait subsister dans l'esprit de M. d'Argenson.

C'était bien Mme de Pompadour qui, soit par affection pour sa cousine, soit pour apporter un geste d'apaisement au peuple, dont elle se savait haïe, avait sinon ourdi, mais tout au moins favorisé ce véritable complot ; et il ne se dissimulait pas que pour faire revenir le roi sur sa décision il allait avoir fort à faire.

Mais M. d'Argenson était doué d'une volonté et d'une énergie qui lui permettaient de ne jamais reculer quand il s'agissait de défendre l'Etat.

Aussi n'hésita-t-il pas un instant sur son attitude. Et d'un ton ferme et décidé qui parut de bon augure à M. d'Erigny, il fit :

— Veuillez attendre ici, monsieur le fermier général... Je vais trouver le roi. Tout ce que je puis vous dire, c'est que si je ne reviens pas de son cabinet avec un ordre de révocation, un autre que moi se chargera d'assurer la sécurité du royaume !

XII

RAISON D'ÉTAT

Louis XV était dans ses mauvais jours. L'aventure de Nicole l'avait distrait de son morbide ennui, mais pendant quelques heures seulement... et le lendemain, il avait été repris par une de ces crises de mélancolie, auxquelles la favorite avait tant de peine à l'arracher.

Ce jour-là, le roi était particulièrement morose... La veille au soir, au cours d'une représentation que les acteurs de la Comédie-Française étaient venus donner au petit théâtre du palais de Fontainebleau, il avait dû faire appel à toute la politesse raffinée qui le caractérisait pour étouffer les bâillements révélateurs du faible plaisir qu'il prenait à ce spectacle... Au souper intime qui avait suivi, il n'avait adressé que de rares paroles aux courtisans qui l'entouraient et il s'était retiré dans ses appartements, après avoir décommandé la grande chasse au cerf qui devait avoir lieu le lendemain à Marlotte. Après une nuit presque sans sommeil, il s'était retrouvé encore plus accablé que la veille et, durant le grand lever auquel assistaient, suivant l'usage, la plupart de ses ministres et un lot choisi de courtisans, il n'avait pas desserré les dents, pas plus, d'ailleurs, qu'au cours de la promenade autour du château... où seules les carpes qui peuplaient le grand bassin avaient paru retenir quelque peu sa fugitive et lointaine attention.

En rentrant, il s'était rendu chez Mme de Pompadour et s'était laissé choir dans une bergère, en l'attitude d'un homme qui ne sait à quoi employer son existence. La marquise s'était efforcée de le distraire, en lui énumérant le programme de la grande fête qu'elle comptait donner prochainement en son honneur en sa résidence de Bellevue.

Mais Louis XV ne l'écoutait même pas... et vite, il s'était mis à caresser un petit chien qui, abandonnant la niche garnie de satin dans laquelle il sommeillait, s'était enhardi jusqu'à faire le beau devant Sa Majesté, lorsqu'on frappa discrètement à la porte.

C'était un gentilhomme de la chambre qui venait annoncer au roi que le lieutenant de police lui demandait audience pour une affaire d'Etat.

— Faites entrer monsieur le lieutenant de police dans mon cabinet, ordonnait Louis XV.

Et il grommela :

— On ne peut donc pas me laisser en paix !

Après avoir effleuré de ses lèvres la main de la favorite, il s'en fut, d'un air las, retrouver le marquis d'Argenson.

A l'attitude préoccupée, mais respectueusement énergique de son ministre, Louis XV comprit qu'il ne s'agissait pas cette fois d'une affaire ordinaire, mais que de graves événements nécessitaient cette entrevue.

— Monsieur le lieutenant de police, fit-il, parlez... Mais, de grâce, parlez vite, car je ne suis pas d'humeur à écouter les longs rapports.

— Sire ! attaquait le marquis d'Argenson, j'irai droit au but.

Et d'une voix où vibrait une violente émotion qu'il avait peine à contenir, il scanda :

— Je viens supplier Votre Majesté de révoquer l'ordre de grâce qu'elle a signé, à mon insu, en faveur de Mandrin.

— Qu'est-ce à dire ? s'exclamait le monarque, plus vexé d'être surpris en flagrant délit de cachotterie que du blâme indirect et formel, qu'il lisait dans le regard de son ministre.

M. d'Argenson crut devoir tempérer ce qu'il pouvait y avoir en sa démarche de mortifiant à l'égard de son maître.

— Sire, reprit-il, daignez m'écouter avec toute l'auguste et patiente bienveillance dont vous m'avez déjà tant de fois honoré.

Mais Louis XV l'interrompait en un ressaut d'autorité :

— J'entends qu'on me laisse tranquille avec cette histoire !

Avec une opiniâtreté qui n'allait pas sans un grand courage, le lieutenant de police insistait :

— Dussé-je encourir la disgrâce de Votre Majesté, je considère que c'est pour moi un impérieux devoir que de la mettre au courant de faits qui sont de nature à porter atteinte à son prestige et même à provoquer dans tout le royaume d'irréparables désordres.

Impressionné par le langage du lieutenant de police, Louis XV, tout en poussant un profond soupir, fit sèchement :

— Puisque vous l'exigez !

— Dieu me préserve, sire, d'une aussi insolente audace... Je supplie simplement le roi de France d'accorder quelques instants d'attention au plus dévoué de ses serviteurs.

— Je vous écoute, monsieur.

— Sire, je viens d'apprendre à l'instant, et de la source la plus sûre, — puisque c'est M. le fermier général Bouret d'Erigny qui m'en apporte, à franc étrier, la fâcheuse nouvelle, que les troupes du colonel La Morlière, — envoyées en Dauphiné pour s'emparer de Mandrin — ont été mises en déroute par ce malfaiteur.

» La victoire aussi décisive qu'éclatante de ce bandit ne peut avoir dans tout le pays qu'une répercussion terrible. C'est, en effet, la ruine des caisses publiques, l'ébranlement de la monarchie et, qui sait, peut-être même la révolution prédite par les philosophes.

» Voilà pourquoi je me permets de vous présenter cet ordre de révocation que je viens de rédiger moi-même et je vous adjure, sire, d'y apposer votre signature.

Louis XV s'empara du papier que lui tendait le lieutenant de police et, sans même y jeter un coup d'œil, il le déposa sur sa table.

— Nous verrons ! fit-il... reprenant pour son propre compte l'une des expressions favorites de son aïeul le roi Soleil.

— Sire ! s'écriait d'Argenson, qui redoutait que le roi consultât Mme de Pompadour, et que celle-ci se mît en travers de sa volonté, sire, le temps presse. Songez au découragement qui s'emparera de tous vos serviteurs lorsqu'ils apprendront que Mandrin est absous de ses crimes, qu'il a pu impunément déclarer la guerre à l'Etat, piller le Trésor, assassiner les agents du fisc, menacer vos soldats... et braver votre autorité royale !

» Pour ma part, si profonde soit ma douleur d'abandonner votre service, j'estime qu'il me sera impossible de conserver plus longtemps les hautes fonctions auxquelles votre confiance m'avait appelé.

» Vos autres ministres ne manqueront pas de me suivre dans ma retraite et il n'est pas un seul officier, vraiment digne de ce nom, qui ne soit prêt à briser son épée plutôt que de servir aux côtés d'un bandit qui a infligé à l'un des meilleurs d'entre eux la honte d'une aussi sanglante défaite !

En tombant aux genoux de son maître, le marquis d'Argenson, en un mouvement d'éloquence d'autant plus émouvant qu'il lui était inspiré à la fois par le souci de son propre honneur et la conviction de tous ses principes, s'écria :

— Sire, pardonnez-moi, mais écoutez-moi... Pensez à votre trône... à votre dynastie... Pensez à la France !

D'un geste nonchalant, Louis XV s'empara de la plume plantée dans son écritoire en or massif, chef-d'œuvre de Caffieri.

Et sans paraître soupçonner un seul instant la gravité de la partie qu'il jouait, uniquement préoccupé de se débarrasser de ce lieutenant de police importun,et préférant céder à ses exigences plutôt que d'encourir les risques d'une révolution de palais, il signa... reniant, en un moment de lassitude mentale, le geste de clémence que Nicole et Mme de Pompadour avaient réussi, au prix de tant de peines, à obtenir de sa sommeillante générosité.

Et il tendit le papier à son ministre, en disant :

— Soyez satisfait, monsieur le lieutenant de police... mais vous allez me causer bien des ennuis !

Bravement, M. d'Argenson, fier de sa victoire, ripostait :

— Je m'en excuse auprès de Votre Majesté, et je suis sûr qu'elle me pardonnera, même au prix de quelques désagréments intimes, d'avoir osé braver son mécontentement, dans le seul but de défendre sa gloire.

Et s'inclinant devant Louis XV, le lieutenant de police s'empressa d'aller rejoindre Bouret d'Erigny, qui l'attendait avec une fiévreuse impatience.

— C'est fait ! déclara-t-il aussitôt au fermier général. Voici l'ordre de révocation signé par le roi.

» Repartez donc en Dauphiné au plus vite... Rien, désormais, ne paralysera plus vos efforts. Je connais le colonel La Morlière. Il est homme à prendre promptement sa revanche.

— Monsieur le lieutenant de police, répliquait le financier, en mon nom et en celui de tous les fermiers généraux de France, je vous remercie.

Quelques instants après, Bouret d'Erigny, tout à sa vengeance, s'apprêtait à franchir, à cheval, la grande grille du château de Fontainebleau.

Mais un cri de colère lui échappa.

Il venait d'apercevoir, se querellant avec les mousquetaires de garde, une forte commère en laquelle il reconnut aussitôt Mme Malicet.

Prudemment, à une certaine distance, se tenait le brave Agénor, visiblement déprimé par les fatigues d'un long voyage, et la jeune Martine, qui n'avait d'yeux que pour les beaux militaires du roi en train de gourmander sa patronne.

Mais l'énergique Thérèse ne se laissait nullement démonter par les rebuffades des factionnaires.

— Je suis la cousine de la marquise de Pompadour, clamait-elle de toute la force de ses puissants poumons... Je sais que ma fille est ici... Laissez-moi passer !...

Tout à coup, elle eut un soubresaut violent.

Elle venait d'apercevoir le fermier général.

— Mon gendre !... s'écria-t-elle.

Et, fonçant avec impétuosité, vers Bouret d'Erigny, qui ne pouvait plus songer à la retraite, elle s'écria :

— Vous ici !... Vous allez pouvoir me donner des nouvelles de Nicole.

— Parfaitement ! répliquait le financier.

— Elle est ici ?

— Non ! Votre péronnelle de fille est déjà repartie pour la Savoie !

— Pour la Savoie !

— Où je me prépare à la rejoindre et à lui faire payer cher l'outrage qu'elle a fait à mon honneur et à mon nom.

— A cause de nous, de ses pauvres parents, épargnez-la.

— Allez au diable !

— Monsieur Bouret, monsieur d'Erigny... monsieur le fermier général...

— En voilà assez... Et que je ne vous retrouve plus sur ma route... Sinon... la potence !

Et le financier, éperonnant sa monture, partit au galop.

— Ah ! c'est trop fort ! étouffait Mme Malicet, au paroxysme de la rage...

Et se retournant vers son mari, elle ordonna :

— Retournons en Dauphiné !

Mais un cri d'indignation lui échappa.

Appuyé sur l'épaule de Martine, qui chancelait sous le poids de son corpulent maître, le bon Agénor faisait mieux que de dormir... Il ronflait ! ! !

XIII

LE RETOUR

Après sa victoire de Guerrant, Mandrin avait regagné le château de Bon-Repos, où il avait établi définitivement son quartier général.

Bien qu'il fût sorti vainqueur de cette lutte entre son amour et son devoir, il n'en gardait pas moins, au fond de son cœur meurtri, avec le souvenir ineffaçable de la femme adorée, la secrète et lancinante douleur de son absence.

Aussi, chaque fois qu'au retour d'expéditions, il voyait se dresser au loin la silhouette de l'ancien manoir du marquis de Montferrat, il se sentait frissonner d'une grande peine. Et quand il pénétrait dans cette salle où Voltaire l'avait accueilli avec tant d'empressement, et surtout quand il entrait dans cette chambre désolée et qu'il apercevait, tristement fanées dans leurs vases, les fleurs qu'il n'avait pas eu le courage de jeter au vent, une telle souffrance l'empoignait, qu'il se demandait avec angoisse s'il aurait assez de volonté pour se préserver d'une nouvelle défaillance.

Pour achever, sinon d'oublier, mais d'apaiser la fièvre qui le brûlait, il n'avait cessé de multiplier ses prouesses. Profitant du désarroi dans lequel l'éclatant succès qu'il avait remporté sur La Morlière avait plongé ses adversaires, déjouant la surveillance des gendarmes et des douaniers, il franchissait presque chaque jour la frontière, tombant comme une trombe dans les localités dont les habitants lui réservaient un accueil de plus en plus enthousiaste, raflait avec son audace et son habileté coutumières les caisses des agents du fisc... et s'assurant ainsi un important trésor de guerre qui allait lui permettre d'entretenir la véritable armée avec laquelle il comptait étendre encore le théâtre de ses exploits.

Jamais Mandrin n'avait été environné d'une plus radieuse auréole de popularité et de gloire. Jamais encore ses « soldats », heureux d'avoir retrouvé leur chef encore plus intrépide qu'avant, ne lui avaient témoigné un dévouement plus profond, une affection plus inaltérable...

Le capitaine général des contrebandiers de France avait le droit d'être fier de lui. La crise morale qu'il venait de traverser, au lieu de l'amoindrir, l'avait encore grandi non seulement aux yeux des autres, mais vis-à-vis de lui-même ; et lorsqu'il avait de nouveau franchi le seuil de la chambre abandonnée, s'il avait compris, aux battements précipités de son cœur que Nicole avait laissé en lui une empreinte ineffaçable, il s'était vite convaincu que désormais rien ne pourrait entamer l'airain dont il s'était cuirassé ; et, au lieu de chasser de son esprit la pensée de la femme aimée, il l'avait en quelque sorte emprisonnée en lui, enchâssant ce délicieux souvenir d'amour, de l'or pur de son sacrifice. A partir de ce jour, Nicole ne fut plus pour lui que le bouquet éternellement parfumé, à jamais fleuri, que, chaque matin en s'éveillant et chaque soir en s'endormant, il portait délicieusement jusqu'à ses lèvres.

Ce jour-là, une grande animation régnait au château de Bon-Repos. Mandrin, en effet, avait voulu célébrer ses successives victoires, en offrant à ses compagnons un plantureux festin qu'il avait présidé avec son entrain des beaux jours.

Et le vin avait coulé à flots... Aussi les contrebandiers étaient-ils d'une gaieté exubérante.

A califourchon sur un tonnelet, Carnaval lançait d'une voix forte une chanson que Mi-Carême venait de composer :

> Au colonel de la Morlière
> A sa santé buvons un verre !
> . . . .
> Il a chargé son escopette
> Avec la poudre d'escampette...

Et tous, parmi les rires tonitruants et, tout en levant et surtout en vidant leurs gobelets, reprenaient en chœur le refrain que Mandrin, debout sur une table, rythmait d'un geste large, chef improvisé de cette pittoresque chorale, lorsque le Frisé, en armes, apparut sur le seuil et, tout en bousculant ses camarades, il parvint jusqu'à son chef, et lui fit signe qu'il avait à lui parler en secret.

Sautant à terre, Mandrin lui demanda :

— Eh bien ! Qu'y a-t-il ?

Le Frisé lui murmura quelques mots à l'oreille. Et Mandrin, qui avait pâli, fit simplement :

— J'y vais !

Puis, brusquement, il quitta la salle.

Dans le vestibule, une femme attendait : c'était Nicole.

— Toi ! fit Mandrin, d'une voix vibrante d'émotion.

Mais déjà Nicole était dans ses bras... et ce ne fut qu'un long baiser, qu'une très douce étreinte.

Mandrin, se ressaisissant le premier, entraînait Nicole vers l'escalier qui conduisait à leur chambre.

Toujours sans dire un mot, il ouvrit la porte.

Et de nouveau, Nicole enlaça son cher capitaine, contemplant son beau visage que l'amour illuminait de son rayonnement.

— Alors... fit-elle... tu ne m'en veux pas trop ?

— Non... ma bien-aimée... répliquait Mandrin, qui n'avait plus besoin d'être désarmé.

— Et tu me pardonnes ?

— Je te pardonne.

— Comme tu es bon !

— Je t'aime !

— Et moi je t'adore !

Nicole, transfigurée de joie, s'écriait :

— Comme nous allons être heureux !

Et tirant de son corsage un papier, elle le tendit à Mandrin en disant :

— Voici ta grâce !

Mandrin s'en empara et lut...

Une expression dans laquelle il y avait à la fois de la joie et de l'amertume... de la surprise et de la gratitude se répandit sur son visage. Jamais Nicole ne l'avait vu ainsi. Et tout anxieuse, elle reprit, hésitante, intimidée :

— Ma cousine a été parfaite... Le roi aussi !

Mandrin, qui avait cessé de lire, gardait toujours le silence, enveloppant d'un regard plein de tendresse ardente la jolie enfant qui, de plus en plus troublée, crut devoir ajouter :

— Tu as lu ?... Le roi fait grâce aussi à tes compagnons.

— Oui, ponctua gravement le capitaine.

Et redressant fièrement la tête, il ajouta :

— Mais je ne puis accepter.

— Pourquoi ?

— Ne serait-ce pas reconnaître que je suis non pas un justicier, mais un criminel ?

— Pourtant !...

— C'est impossible... je te le répète !

— M. de Voltaire ne t'a donc pas dit...

— Quoi donc ?

— Ce qu'il m'a dit à moi-même...

— Voyons, parle...

— Que tu devais accepter...

— Il m'a bien fait quelques allusions à ce sujet... Mais ne l'ayant pas suivi sur ce terrain, il a jugé plus prudent de ne pas insister.

— Il a eu tort, lançait crânement Nicole.

— Non, il a eu raison, affirmait Mandrin avec un bon sourire.

— Louis... tu ne veux donc pas être maréchal de France !

— Maréchal de France !... moi !

— Mais oui, une fois dans l'armée, tu ne tarderas pas à te couvrir de gloire... C'est l'avis de M. de Voltaire et c'est aussi le mien !

— Et puis ?

— Et puis, une fois illustre... et cela ne tardera pas... tu pourrais reprendre ton œuvre...

— Comme premier ministre ?

— Pourquoi pas ?

— Et si le roi refusait de m'écouter, de m'obéir... j'en serais quitte pour lui arracher sa couronne et la poser sur ma tête.

— Qui sait ?

— Je ne doute pas que tu sois une reine de France incomparable...

— Et toi, un roi... un roi... comme Henri IV !

— Ma pauvre petite... comment M. de Voltaire a-t-il pu te mettre de pareilles idées en tête ?

» On voit bien que le philosophe se double, en lui, d'un poète.

Et s'animant, s'exaltant même, le capitaine poursuivait :

— Je le vois, à présent... c'est lui qui t'a conseillé de te rendre à Fontainebleau.

— Oui.

— Ah ! il a bien fait de ne pas tenir devant moi de tels propos, car, si grande que soit l'admiration qu'il m'inspire, je l'eusse rabroué de belle manière.

» En attendant, je vais lui écrire pour le prier de se mêler, désormais, de ce qui le regarde et pour l'avertir que je lui rends son château.

— Louis, ne te mets pas en colère... M. de Voltaire a cru bien faire en agissant ainsi. Moi, je m'exprime mal, je ne sais pas traduire sa pensée, répéter exactement ses paroles. Mais je te l'assure, si tu l'avais entendu comme moi, tu aurais tout de suite deviné qu'il ne cherchait pas seulement à me consoler et à sauver notre bonheur, mais qu'il voulait assurer aussi par toi celui de la France.

Mandrin reprenait avec ironie :

— Je suis très touché de la haute opinion qu'a de moi M. de Voltaire...

Et d'une voix éclatante, il martela :

— Mais je suis Mandrin le révolté, le justicier, et je le resterai toujours !

Nicole, à bout de courage, éclata en sanglots... et, laissant retomber sa jolie tête sur l'épaule de son mari, elle fit, le visage baigné de pleurs :

— Je suis à toi, avant tout, par-dessus tout, et je ferai tout ce que tu désires.

— Nicole ! s'écria Mandrin, subitement bouleversé.

Tout en serrant contre sa poitrine l'être frêle et charmant qui s'abandonnait à lui dans tout l'élan d'un amour qu'il sentait à la fois si pur et si immense, il fit d'une voix dans laquelle il n'y avait plus maintenant que de la tendresse, toute la tendresse :

— Nicole, écoute-moi... Après ton départ, je me suis fait le serment que rien ne me distrairait, ne fût-ce qu'un seul instant, de mon devoir.

» Eh bien ! je te le demande : te sens-tu la force de vivre, non pas délaissée... mais souvent, très souvent seule dans une retraite que je te désignerai... et où j'irai, de temps en temps, te rejoindre ?

— Oh ! oui ! tout ce que tu voudras !

— Réfléchis bien encore... Si cette existence t'effraie, je suis prêt à te rendre ta liberté !

— Pour me parler ainsi, ton amour n'est donc pas aussi grand que le mien ?

— Mais, s'écriait le capitaine, dans l'élan passionné de tout son être, c'est précisément parce que je t'adore à un point que je ne saurais te dire, que je me vois obligé de t'imposer un sacrifice qui me fait souffrir encore plus que tu ne souffres peut-être toi-même... Oui... j'avais espéré pouvoir te garder près de moi ; j'ai vite compris que c'était un rêve irréalisable...

» D'abord, j'ai bien vu que ta présence continuelle à mes côtés offusquait mes soldats... Et ils ont raison, les braves ! Un chef ne doit-il pas donner à tous l'exemple de la discipline ? Et que leur répondrai-je, s'ils me disaient : « Vous avez mené votre femme parmi nous... Pourquoi, nous aussi, n'aurions-nous pas les nôtres ? » Et puis, surtout, il y a l'idée... devant laquelle tout doit s'incliner... L'idée, qui ne doit être entachée d'aucune concession, trahie par la plus légère défaillance... et à laquelle, Nicole, je dois appartenir avant d'être à toi.

» Toi ici... c'est la cause qui en souffrira, fatalement... irrésistiblement... malgré nous... oui, malgré ma volonté, malgré la tienne.

» Toi, là-bas... c'est pour toi la tristesse d'être seule... les longs instants d'attente dans l'angoisse en te disant : « S'il est sûr de me retrouver toujours, suis-je certaine de le voir revenir ? »

» Telle est la vie qui nous attend... Voilà pourquoi, m'arrachant à l'allégresse de l'heure présente, j'ai voulu te dire toute la vérité.

Et le grand contrebandier, le fier révolté, l'ardent justicier qui n'avait jamais cédé à rien, ni tremblé devant personne, s'écria :

— A mon tour, je te demande pardon !

— A moi ?

— Oui, à toi... Car je suis un grand coupable.

— De m'avoir aimée ?

— ... De t'avoir troublée par mes déclarations que j'aurais dû taire, et de t'avoir enlevée...

— A Bouret d'Erigny ?

— Non... aux tiens, près desquels

j'aurais dû te laisser à cette existence si douce à laquelle tout te destinait... et d'avoir mis en toi toutes les douleurs au lieu de toutes les joies.

— Louis, reprenait Nicole, si je souffre, si je pleure, ce n'est point parce que je t'aime, mais parce que je pense que je puis être à jamais séparée de toi !

Et s'exaltant à son tour, Nicole poursuivit :

— Je comprends que tu ne veuilles pas me garder avec toi, dans ce château et tout ce que tu m'as dit à ce sujet, je l'approuve et je m'incline devant ta volonté souveraine.

» Mais tu me l'as dit aussi... Si je ne puis être toujours près de toi... pourquoi ne serais-je pas quelquefois avec toi ? Je serais comme la femme du marin qui, tandis que son mari navigue sur la mer, l'attend au foyer qu'elle garde.

» Et ce ne serait pas t'enlever à ton œuvre que de te demander de passer près de moi les rares instants de repos, en un logis intime que je m'efforcerais d'embellir et qui, bientôt, s'égaierait du clair sourire d'un petit enfant.

— Nicole !..

— Tu acceptes ?

— Oui, j'accepte.

— Oh ! comme je t'aime !

Et ce fut un long baiser qui, cette fois, ne fut mélangé d'aucune amertume.

Puis, Nicole reprit :

— Dis-moi où je dois aller, et je pars tout de suite si tu l'exiges !

— Non... reste encore ici... quelques jours, en attendant que j'aie choisi le petit pays où tu te retireras, où tu m'attendras et qui sera en quelque sorte la patrie de notre amour.

— Mais, tes compagnons ?

— N'ai-je pas le droit et le pouvoir de leur imposer ma volonté ?

— Non... tu ne leur diras rien.., C'est moi qui leur parlerai, c'est moi qui leur dirai ce que nous avons décidé... et qui leur prouverai que je ne veux pas plus te prendre à eux que te voler à ton devoir

— Nicole, tu es l'être le plus adorable qui existe au monde !

— Je t'aime !... Conduis-moi près d'eux tout de suite... car il serait indigne de nous de leur cacher plus longtemps ma présence.

— Oui, viens, mon aimée.

Et tous deux descendirent dans la grande salle, où les contrebandiers continuaient à chanter et à boire.

A la vue de Mandrin et de Nicole, ils s'interrompirent d'un seul coup ; et ce fut au milieu d'un grand silence que Mandrin s'écria :

— Camarades, ma femme a obtenu du roi ma grâce et la vôtre à tous !

Un murmure nettement désapprobateur accueillit ces paroles.

Mais le capitaine s'écria :

— J'ai refusé la mienne !

Une tempête d'acclamations salua ces paroles...

— Je constate, reprenait Mandrin, et je n'en avais d'ailleurs jamais douté, que vous refusez aussi la vôtre.

— Oui ! oui ! capitaine, lancèrent les contrebandiers, en se précipitant vers leur chef... Nous voulons nous battre, nous voulons vaincre ou mourir avec vous !

— Et moi, mes amis, reprenait Nicole, moi qui n'ai agi que par tendresse pour mon mari et par affection pour vous tous, je viens vous déclarer que ma présence parmi vous sera brève.

» Votre capitaine me l'a fait comprendre, et je me suis inclinée devant sa juste volonté.

» Je partirai donc bientôt... demain peut-être... non pas pour l'exil... mais pour un foyer discret... où tous, lorsque vous serez blessés ou malades, vous trouverez les soins nécessaires.

» Je reste l'épouse de Mandrin, mais je veux être aussi votre sœur... qui s'efforcera de guérir vos maux, de panser vos blessures.

» Ne pouvant prendre part à vos dangers, j'aurai au moins la consolation de soulager vos souffrances, et le grand réconfort de me dire que je puis compter sur votre amitié !

Ces paroles produisirent un effet indescriptible sur ces hommes rudes, presque barbares et insensibles à tout ce qui n'était pas leur métier.

Instinctivement, tous enlevèrent leur chapeau, saluant, en un élan irrésistible, l'être de douceur et de bonté qui venait de rallumer, au fond de leurs âmes endurcies la petite flamme humaine qu'avait éteinte le grand vent de la misère et de la rancœur.

Mandrin, radieux, s'écria, tandis que toutes les mains se tendaient vers lui et vers Nicole :

— Tu seras l'ange de notre victoire !

... Et le soir, lorsque tous deux se furent retirés dans leur chambre, Nicole, qui avait retrouvé toute sa gaieté, s'écriait en rougissant :

— J'espère bien que, cette nuit, on ne viendra pas te chercher pour aller au secours de l'un de tes camarades.

Mandrin, souriant, la rassura d'un baiser.

Mais Nicole reprenait :

— Et ton ami Tiennot... as-tu réussi à le sauver ?

— Oui... répliquait le capitaine d'un air sombre.

— Il est ici ?

— Non... il est parti... parti pour toujours.

— Qu'est-il devenu ?

— Je l'ignore !

Alors, Mandrin, s'emparant des mains de Nicole, répéta :

— Ne me parle plus jamais de Tiennot le berger !

. . . .

. . . .

Depuis l'échec que lui avait infligé Mandrin, le colonel de La Morlière n'avait pas cessé un seul intsant de manifester la plus exécrable humeur.

Cependant, il n'avait nullement négligé de préparer sa revanche...

Appuyé sur une canne, dissimulant un œil poché sous un emplâtre, car il avait reçu de nombreuses contusions au cours de la bataille, le colonel, dans la grande salle du château des Aigles, où il avait établi son quartier général, écoutait, en grognant, le rapport de ses officiers chargés par lui de regrouper ses forces et de ranimer l'ardeur de ses « argoulets » quelque peu démoralisés par la formidable volée que leur avait administrée le capitaine, lorsqu'un homme, les vêtements souillés, déchirés, les cheveux en désordre, pâle, essoufflé, apparut en criant :

— Monsieur le colonel... je viens me placer sous votre protection.

— Mais je vous reconnais !... s'exclamait La Morlière.

Et d'un ton nettement hostile, il ajouta :

— C'est vous l'exempt, le policier ?

— Oui, monsieur le colonel.

— Ah çà ! on dirait que vous avez reçu une raclée ?

— Oui, monsieur le colonel !

— Je n'y puis rien. C'est le casuel du métier... et je n'ai que faire d'écouter vos doléances... J'ai d'autres chats à fouetter.

— Monsieur le colonel, haletait Pistolet, tout en s'efforçant de reprendre haleine... il se passe des choses très graves que j'ai le devoir de vous communiquer.

— Quoi donc ?... Allons, parlez vite... Je n'ai pas de temps à perdre.

— Tout à l'heure... expliquait le sieur Troplong, en traversant la petite localité de Saint-Hilaire, je me suis trouvé en face d'un rassemblement de villageois qui criaient à tue-tête : « Vive le roi ! » Je me préparais à faire chorus avec eux, mais quelle ne fut pas ma stupéfaction en entendant ces mêmes gens hurler avec le même enthousiasme : « Vive Mandrin ! »

» Incapable de maîtriser mon indignation, je m'efforce d'imposer silence à ces braillards. Mais, en un clin d'œil, je suis entouré... houspillé... reconnu...

» Un énorme gaillard s'écrie :

» — C'est Pistolet, l'exempt de police, venu de Paris pour arrêter Mandrin !

» Et, me saisissant par la taille, avec une irrésistible vigueur, il me retourne, et, avant que j'aie pu tenter la moindre défense, il commence à m'appliquer, avec une violence effrayante, une magistrale fessée, à laquelle prennent part bientôt toutes les commères du village.

— Ça, c'est drôle ! scandait La Morlière !

— Je ne suis pas de votre avis, monsieur le colonel, ripostait l'exempt, piqué au vif. Je ne connais rien de plus humiliant pour un représentant de l'autorité que d'être malmené de la sorte... Bref, après avoir été copieusement rossé, ces gredins ont fini par me remettre en liberté... et j'en ai profité pour m'enfuir sous les huées de la foule.

— Et c'est pour me raconter de telles balivernes, s'exclamait le colonel, que vous vous êtes permis de pénétrer en ma présence sans même vous faire annoncer ?

— Monsieur le colonel, protestait Pistolet... si vous connaissiez les vrais motifs de l'agression dont j'ai été victime, peut-être traiteriez-vous cet incident avec moins de désinvolture !

— Qu'est-ce à dire ?

— Apprenez, monsieur le colonel, que, si ces gens m'ont fait un aussi mauvais parti, c'est parce que le roi a fait grâce à Mandrin.

— Hein !... rugit La Morlière, subitement enragé... le roi... grâce à Mandrin !

Et empoignant l'exempt par le collet, il le secoua frénétiquement tout en vociférant :

— Le roi... grâce à Mandrin ? Répète-le donc, si tu l'oses.

— Colonel, vous m'étranglez !

— C'est tout ce que tu mérites.

Et La Morlière continuait à serrer le cou de l'exempt avec une telle force que Pistolet, cramoisi, violet, crut que sa dernière heure était sonnée.

Mais une voix s'élevait.

— Ah çà ! colonel... pourquoi maltraitez-vous ainsi l'exempt Troplong ?

C'était Bouret d'Erigny qui, en costume de cheval et tout couvert de poussière, rentrait dans son château.

A sa vue, le fougueux officier desserra son étreinte. Il était temps, Pistolet commençait à râler.

La Morlière, s'avançant vers le fermier général, déclarait :

— Ce maraud ose prétendre que le roi a gracié Mandrin !

— C'est vrai !... ponctuait froidement M. d'Erigny.

Le vieux militaire, hors de lui, proféra un terrible juron que notre respect pour nos lecteurs nous interdit de reproduire. Mais Bouret, sortant un papier de sa poche, reprenait d'un air important :

— Rassurez-vous, colonel, j'ai mis bon ordre à cela... Voici la révocation de la grâce que M. d'Argenson a fini par arracher à Louis XV.

La Morlière s'empara du document et le parcourut.

— Ouf !... s'écria-t-il... je respire... mais j'ai eu chaud ! Je vous félicite, monsieur le fermier général. Vous avez eu cent fois raison de vous rendre à Fontainebleau... C'est de la bonne diplomatie... de l'excellente politique. Et maintenant, ça va marcher... Les jours de Mandrin sont comptés... foi de La Morlière !

— Colonel, déclarait M. d'Erigny, gardons-nous d'un trop rapide empressement. Et évitons surtout que Mandrin n'apprenne qu'il est retombé sous le coup de la loi. Il est donc indispensable que le plus grand secret soit gardé sur cette affaire. Car Mandrin, ne se sentant plus menacé, cessera de se tenir sur ses gardes et il nous sera donc infiniment plus facile d'en venir à bout.

— Parfaitement ! approuvait Pistolet... et je me demande même, monsieur le fermier général, si je ne pourrais pas profiter de cette heureuse circonstance...

Il n'acheva pas.

Donnant cours à tout le mépris que lui inspiraient les gens de police en général et l'exempt Troplong en particulier, La Morlière s'écriait :

— Silence !... Oiseau de mauvais augure !

— Cependant... observait le fermier général...

— Comment ! éclatait le vieux militaire, voilà un maroufle qui a failli me faire avoir une attaque d'apoplexie... et vous voudriez que j'accepte ses services, que je tolère sa présence !

Et, la canne haute, le sang en furie, il clama :

— Hors d'ici, drôle ! Allons, décampe ou je te fais reflanquer une fessée par mes soldats !

Désireux de ne pas augmenter encore l'irascibilité du colonel, Bouret ordonnait à Pistolet de se retirer.

L'homme noir, d'ailleurs, ne se le fit pas dire deux fois, et tournant rapidement les talons, il s'esquiva en grommelant :

— Soudard !... Ce n'est pas toi... c'est moi qui aurai la peau de Mandrin !

XIV

LA PRISONNIÈRE

Quelle n'avait pas été la stupeur de Jeanne Destenave lorsqu'en reprenant connaissance, elle s'était retrouvée au fond d'un cachot, en un costume noir de prisonnière, complété par un petit bonnet blanc serré aux tempes, qui ajoutait encore à l'aspect tragique de son visage douloureusement émacié.

Tout d'abord, elle n'avait pas compris. Pendant plusieurs jours, n'avait-elle pas été comme morte ?

Et promenant autour d'elle un regard qui, peu à peu, commençait à reprendre connaissance des réalités, elle reprit, promptement fixée par le décor sinistre qui l'environnait et la livrée infamante dont elle était revêtue :

— Je suis prisonnière !

Et tout de suite, elle ajouta :

— Je comprends... c'est l'exempt Pistolet, qui, après m'avoir retirée du torrent, m'a amenée ici. Sans doute est-ce pour me torturer encore ?

L'infortuné Tiennot ne se trompait pas... Pistolet, dont l'esprit était fertile en ruses de toutes sortes, venait, en quittant le château des Aigles, d'élaborer un plan véritablement infernal, grâce auquel il se flattait de « souffler » au colonel La Morlière, qu'il s'était pris à détester cordialement, la gloire d'une arrestation qu'il tenait à se réserver à lui seul...

Maintenant, il allait agir.

Tout d'abord, il fut s'enfermer dans la petite chambre qu'il occupait, en une modeste hostellerie de Grenoble. Il y demeura plusieurs heures qu'il employa en des travaux d'écritures assez compliqués.

Notons en passant — car cela est à retenir — que ce policier si retors et si

Photo-film Cinéromans.

— Au nom du roi, scanda impérieusement Mandrin, je réclame la mise en liberté immédiate de cette femme.

Photo-film Cinéromans.

Saisi par les argoulets, Mandrin, écumant de rage, fut entraîné au dehors.

— *Cela suffit, déclara sèchement Louis XV en congédiant le messager.*

Photo-film Cinéromans.

Cédant à la favorite, le faible monarque signa le blanc-seing demandé.

Photo-film Cinéromans.

Cloîtrée sur l'ordre de Bouret, Nicole, tristement, songeait à Mandrin.

dénué de toute espèce de scrupules, se doublait d'un très habile faussaire.

Son mystérieux travail terminé, il se rendit à la prison de Grenoble.

— Comment va notre prisonnière ? demanda-t-il au guichetier en chef.

— Mieux... répliqua celui-ci.

» Hier, elle n'avait plus de fièvre et, bien qu'elle fût encore dans un état de prostration absolue, je l'ai fait transporter, suivant vos instructions, dans une cellule où elle n'a pas tardé à revenir entièrement à la vie.

» Tout à l'heure, je l'ai observée à travers le guichet. Elle était assise sur son escabeau, la tête entre les mains, en une attitude d'accablement profond. Elle n'avait pas touché aux aliments que j'avais fait déposer près d'elle... Aussi doit-elle être dans un état de faiblesse extrême.

— C'est bien, ponctuait l'homme noir auquel ces renseignements semblaient donner une entière satisfaction.

Et il ajouta :

— Conduisez-moi près d'elle !

Le geôlier précéda l'exempt à travers un dédale de couloirs humides et sombres. Et tous deux, après avoir gravi un escalier de pierre d'une trentaine de marches, arrivèrent à un palier sur lequel donnaient les cachots où l'on enfermait les captifs que l'on avait intérêt à tenir au secret.

Le guichetier fit glisser un énorme verrou qui barrait entièrement une porte en chêne massif bardée de solides ferrures ; et prenant au trousseau qu'il portait à sa ceinture une énorme clef, il l'introduisit dans une serrure à trèfle. La porte grinça sur ses gonds... et Pistolet, après avoir recommandé au geôlier de l'attendre au dehors, pénétra dans la cellule.

Sa présence ne parut causer aucun étonnement à Jeanne Destenave.

— Je vous attendais, murmura-t-elle d'un air las, mais résigné.

— J'ai appris tout à l'heure, attaquait le policier, que votre santé s'était améliorée et je me suis empressé de vous rendre visite.

— Pourquoi ne m'avez-vous pas laissé mourir ? reprochait Tiennot d'une voix lointaine.

Pistolet répliquait d'un ton cauteleux :

— Parce que je voulais vous sauver et parce que je veux vous sauver encore.

— Je ne vous crois pas !

— Pourquoi ?

— Si vous aviez eu pitié de moi, vous ne m'auriez pas fait enfermer dans cette prison.

— Qui vous dit, insinuait effrontément l'exempt, oui, qui vous dit que c'est moi qui vous y ai conduite ?

Jeanne Destenave eut un geste de doute qui prouvait qu'elle n'avait aucune confiance dans la parole de son interlocuteur.

Sans se démonter, celui-ci poursuivait :

— Laissez-moi vous raconter comment les choses se sont passées.

» A peine vous étiez-vous jetée dans le torrent que je m'y précipitai à votre suite... et, non sans peine, je vous ramenai sur la rive.

Mentant avec un aplomb imperturbable, le limier du marquis d'Argensen poursuivait :

— Malheureusement, je n'étais pas seul. M. le fermier général Bouret d'Erigny, auquel j'avais donné rendez-vous en ces lieux pour lui rendre compte de mon enquête au château de Bon-Repos, se tenait caché derrière un buisson. Il m'aida à vous transporter dans une chaumière voisine où vous reçûtes les premiers soins. Comme vous ne repreniez pas connaissance, je proposai que l'on envoyât chercher un médecin. M. d'Erigny s'y opposa et me donna l'ordre de vous transférer immédiatement à cette prison de Grenoble. Bien que je désirasse vivement vous donner un autre asile, je dus m'incliner devant la volonté de M. le fermier général... puisqu'il représente ici mon maître direct, M. le lieutenant de police.

Et avec un cynisme effroyable qui s'enveloppait de la plus hypocrite des bienveillances, l'exempt conclut :

— Ma pauvre enfant... je vous ai dit la vérité... rien que la vérité. Mais très franchement, je ne tiens nullement à vous perdre... Au contraire... je ne demande même qu'à vous sauver. Toutefois, il faut que vous me donniez votre aide... et voilà pourquoi je suis devant vous !

Jeanne Destenave, fixant le policier avec un souverain mépris, reprenait :

— Et vous venez de nouveau me demander, en échange de la liberté, de vous livrer Mandrin ?

— Pas du tout !

— Alors ?

— Des événements sensationnels se sont passés tous ces jours-ci... Vous n'ignoriez pas que Nicole Malicet était partie pour Fontainebleau demander au roi la grâce de Mandrin.

— Oui, oui, je le savais.

— Eh bien ! elle est revenue avec la dite grâce.

— C'est impossible.

— Vous ne me croyez pas ? ricanait l'exempt. Eh bien ! lisez ceci.

Et il tendit à Jeanne le document suivant qu'il avait pris soin, dans la matinée, de fabriquer lui-même.

« Sa Majesté Louis XV, roi de France
» et de Navarre, ayant fait grâce au
» sieur Mandrin, nous mandons au
» sieur Troplong que sa mission en
» Dauphiné est terminée et nous lui
» enjoignons de regagner la capitale
» par les moyens les plus rapides et les
» voies les plus sûres.

» Signé : Marquis D'ARGENSON,
» *lieutenant de police.* »

Tiennot le Berger n'avait aucune raison de suspecter cet ordre... Il portait tous les en-tête, cachets et sceaux capables de lui fournir une autorité indiscutable.

Aussi son premier cri fut-il tout d'allégresse.

— Mandrin gracié... Quel bonheur !

Mais soudain son visage se rembrunit... Une pensée angoissante venait de lui traverser l'esprit, et elle s'écria :

— A-t-il accepté sa grâce ?

— Parbleu ! déclarait Pistolet.

— Cela me surprend.

— Pourquoi ?

— Je l'ai entendu répéter souvent que rien, sinon la mort, ne l'empêcherait de faire la guerre aux fermiers généraux ; et voilà pourquoi je suis étonnée qu'il se soit soumis si facilement à l'autorité royale.

— Vous oubliez une chose, ma chère enfant... c'est que, lorsque Mandrin tenait ces propos, il n'était pas encore amoureux.

Jeanne Destenave eut un soupir.

L'homme noir venait tout à coup de raviver sa blessure.

— Maintenant que cette Nicole est de retour près de lui, continuait Pistolet, fasciné comme il l'est par cette petite bourgeoise qui, soit dit entre parenthèses, m'a l'air d'une petite personne qui n'a pas froid aux yeux, il ne peut faire moins que de filer avec elle le parfait amour, sans plus s'occuper du reste.

Torturée par la grande douleur d'amour qui la rongeait, Jeanne Destenave reprenait :

— Ce qui me paraît le plus extraordinaire, c'est que Mandrin ait accepté sa grâce sans réclamer aussi celle de ses compagnons.

— Si vous croyez qu'il pense à eux !

— Cependant...

— L'amour, ma belle, a fait sombrer de plus puissants cerveaux que le sien et gangrené des cœurs plus généreux que celui qui bat dans sa poitrine.

— Et moi qui le croyais si supérieur aux autres !

— Parce que vous le voyez à travers l'auréole de sa gloire et le mirage de votre amour ! Voyez comme il vous a vous-même abandonnée.

— Peut-être ignore-t-il que je suis prisonnière ?

— C'est même certain, laissait échapper négligemment Pistolet, car votre arrestation est demeurée secrète.

A ces mots, une grande, une suprême espérance éclaira l'âme endeuillée de la malheureuse.

— Mandrin, se dit-elle, peut dédaigner, mépriser, haïr même Jeanne Destenave ; mais il ne peut pas oublier, abandonner, trahir Tiennot le Berger.

Et tombant dans le piège vraiment infernal que lui tendait le policier, elle s'écria :

— Ne pourriez-vous faire savoir à Mandrin que je suis prisonnière ?

— Oh ! très facilement ; mais je doute qu'il donne suite à ma démarche... d'abord, parce qu'il craindrait, bien à tort, je vous l'assure, que je ne cherchasse à tirer contre lui une vengeance personnelle.

Et retournant le fer dans la plaie, il ajouta :

— Et puis... il est tellement amoureux !

Tragiquement, Jeanne Destenave s'écriait :

— Alors, tandis qu'il sera heureux avec *elle*, moi, je comparaîtrai devant les juges, et je serai condamnée.

Et elle se laissa tomber sur son grabat de prisonnière, les poings serrés, l'œil hagard, l'écume aux lèvres.

Pistolet comprit que l'ardente jalousie qu'il avait su si perfidement réveiller en elle, en l'emportant sur l'affreux désespoir qui lui avait fait vouloir la mort, lui inspirait, en même temps que la révolte devant le sacrifice, un désir irraisonné de vivre.

Et, s'emparant de sa main glacée, il fit :

— Allons, je vois que vous ne serez pas mécontente de reconquérir votre liberté, et je m'en félicite... car j'estime qu'il serait profondément injuste que vous expiiez les crimes des autres.

» D'autre part, je crois assez connaître Mandrin pour être sûr que, si aveuglé soit-il par la passion que lui a inspirée cette Nicole, il se refusera à vous laisser porter seule le poids des responsabilités qu'il a encourues.

Et, tout en tirant de sa poche une écritoire, il la déposa avec ses tablettes et une plume d'oie fraîchement taillée, sur un escabeau, près du grabat sur lequel Jeanne demeurait ramassée sur elle-même, les traits ravagés, le cœur en fièvre ; et tout en tendant la plume à la prisonnière qui s'en empara, il fit :

— Ecrivez ce que je vais vous dicter !

Machinalement, Jeanne Destenave traça sur le papier ces mots que le policier détachait avec une lenteur calculée :

« Je suis au secret... dans la prison
» de Grenoble... J'apprends que je dois
» comparaître incessamment devant le
» présidial de cette ville... Je serai cer-
» tainement condamnée à mort... Ne
» tenterez-vous rien... pour me déli-
» vrer ?

Pistolet, qui lisait par-dessus son épaule, ajouta :

— Maintenant, signez : « Tiennot ! »

Jeanne signa... Pistolet voulut lui prendre le billet... Mais au moment où elle allait le lui remettre, elle fit :

— Ce billet, qui le lui fera parvenir ?

— Moi !

Mais la jeune femme éloignait toujours le papier de la main qui se tendait vers elle.

Par une sorte de divination, elle venait d'avoir sinon la certitude, mais tout au moins le soupçon que Pistolet venait de lui jouer une infâme comédie...

— Eh bien ? qu'attendez-vous ? interrogea l'homme noir.

— Je ne vous remettrai pas cette lettre, répliqua Tiennot, en la froissant dans sa main.

— Pourquoi ?

— Parce que, plus j'y songe, plus je me dis que Mandrin n'a pas pu accepter sa grâce, et plus je crois que vous cherchez de plus en plus à vous servir de moi pour l'attirer dans un nouveau guet-apens.

A l'expression de rage qui crispa aussitôt le visage de l'exempt, Jeanne Destenave s'écriait, en se dressant toute frémissante d'indignation et de colère :

— J'ai raison, misérable ! J'ai raison !

— Et quand cela serait ! s'exaspérait le sieur Troplong. Mandrin ne t'a-t-il pas chassée, sacrifiée à une autre femme qu'il aime ?

— Vous me l'avez déjà dit, et je vous répondrai aujourd'hui encore ce que je vous ai répondu chez Bouret d'Erigny et au château de Bon-Repos : « Je ne trahirai jamais Mandrin. »

Et à bout, la malheureuse s'écroula sur le grabat.

Pistolet en profita pour lui arracher la lettre. Mais, bondissant sur lui comme une lionne, elle parvint à lui reprendre le papier, et à le déchirer en morceaux.

Au comble de la fureur, l'homme noir la rejeta brutalement à terre...

— Tu l'as voulu, gueuse, grinça-t-il... Tu mourras !

Et Pistolet sortit du cachot.

Tandis que le guichetier en chef refermait le verrou, et faisait manœuvrer la clef dans la serrure, l'homme noir grommela :

— Oh ! quelle idée !

Et l'œil étincelant d'une joie infernale, il s'écria :

— Maintenant, je suis sûr de la victoire !

XV

AU PRÉSIDIAL DE GRENOBLE

Quelques jours après, sous l'inculpation de vol, pillages, attentats contre les agents du fisc, assassinats, etc., Jeanne Destenave comparaissait devant le présidial de Grenoble, tribunal de première instance qui avait le pouvoir de juger sans appel « les brigandages sur les grandes routes, les vols à main armée avec violence ou effraction, les révoltes et rassemblements en armes, les levées de troupes faites sans autorisation, etc., etc. »

L'instruction, dont Pistolet, prudemment dissimulé dans la coulisse, tenait tous les fils, avait été menée avec d'autant plus de rapidité que l'accusée reconnaissait toutes les charges qui pesaient sur elle, et au lieu de s'en excuser, s'en faisait un titre de gloire.

Bouret d'Erigny et l'exempt Troplong avaient été cités comme principaux témoins, et ils attendaient tous deux, dans une petite pièce réservée, qu'on les introduisît dans la salle des délibérations.

Le fermier général semblait avoir rendu au policier sa confiance et même sa faveur... et c'était d'un air visiblement satisfait, et même bienveillant, qu'il écoutait les paroles que l'homme noir lui murmurait à l'oreille. Et tout en l'approuvant par des hochements de tête, il reprenait sur un ton dans lequel il n'y avait plus trace de dédain ni d'ironie :

— Tout cela est fort ingénieusement combiné... Mais êtes-vous bien certain que Mandrin ne flairera pas le danger ?

— Monsieur le fermier général, les espions que j'ai dépêchés près de lui ont été unanimes à me déclarer, et cela sans s'être concertés, que Mandrin ignorait entièrement la révocation de la grâce.

» L'un d'eux a même assisté, hier soir, au château de Bon-Repos, à une petite scène entre... entre... cette femme et lui... Mais je ne voulais pas raviver en vous de fâcheux souvenirs.

— Parlez, au contraire.

— Eh bien ! voici ce qui s'est passé : Mandrin, après avoir appris par une lettre, qui imitait fidèlement l'écriture de Tiennot, que celui-ci allait être jugé ce jour même, a rassemblé dans la cour de son repaire une centaine de ses hommes, et il leur a déclaré qu'ils allaient franchir la frontière, sans d'ailleurs s'expliquer davantage.

» Au moment où il donnait le signal du départ, la... *personne* s'est précipitée vers lui, et s'est écriée :

— « Que vas-tu donc faire ? »

Mandrin lui a répondu :

— « Je ne puis encore te le dire. Mais ne crains rien... N'ai-je pas sur moi l'ordre de grâce signé par le roi ? »

» Et il s'est éloigné avec ses hommes.

Et Pistolet de conclure :

— Pour moi, il n'y a pas l'ombre d'un doute... Mandrin a décidé d'arracher Tiennot à ses juges.

— Avez-vous prévenu le colonel La Morlière ?

— Je m'en suis bien gardé ; car ce bouillant guerrier ne m'aime guère et, pour me damer le pion, il eût été capable de faire échouer notre projet... Mais j'ai pris toutes mes précautions et, cette fois, Mandrin ne pourra pas s'échapper de ma souricière.

— Puissiez-vous dire vrai, monsieur l'exempt ! Mais je ne serai tout à fait tranquille que lorsque j'aurai vu de mes yeux Mandrin roué vif par le bourreau.

— Je crois, monsieur le fermier général, déclarait l'exempt avec son optimisme habituel, que vous n'aurez pas longtemps à attendre.

Un huissier, entre-bâillant la porte, appelait :

— Monsieur le fermier général Bourel d'Erigny !

Le financier pénétra aussitôt dans la salle d'audience.

C'était une vaste pièce, voûtée, aux murs nus, à l'aspect glacial, plus qu'austère, sinistre même. Au fond, sur une estrade surélevée de plusieurs marches, le président, revêtu de sa robe rouge et flanqué de ses six assesseurs, en robes noires, était installé devant une table recouverte d'un tapis sombre, et sur laquelle s'étalaient les diverses pièces du dossier. Les sept juges portaient tous de vastes perruques blanches, dites à l'*Inexorable*, et dont les mèches affectaient des allures de serpent.

En face du tribunal, devant une sellette de fer, Jeanne Destenave, à laquelle on avait rendu ses habits masculins, se tenait debout, encadrée de deux gendarmes. Au fond, derrière une balustrade en chêne plein, une cinquantaine de spectateurs, parmi lesquels veillaient plusieurs représentants de la maréchaussée, suivaient les débats avec une curiosité d'autant plus vive, que le bruit avait couru dans la ville que Louis XV avait fait grâce à Mandrin et à ses compagnons.

Et tous se disaient, non sans logique, que, si la justice suivait son cours, c'était que ce bruit n'était pas fondé, et que la guerre allait continuer entre le fameux capitaine et les fermiers généraux. Inutile d'ajouter que toutes les sympathies du peuple allaient à cette jeune femme dont la beauté étrange et l'attitude courageuse avaient immédiatement provoqué dans le public l'admiration et la pitié.

Aussi, l'apparition de Bouret d'Erigny dans le prétoire fut-elle accueillie par un murmure nettement hostile que le président Barsin de Losme s'empressa d'arrêter, menaçant, ainsi qu'on le fait encore à notre époque, au cours de procès retentissants, de faire évacuer la salle au cas où de semblables manifestations se renouvelleraient. Et ce fut au milieu d'un silence absolu que le magistrat, après avoir fait prêter serment au fermier général de dire toute la vérité, lui demanda, tout en désignant de l'index Jeanne Destenave :

— Reconnaissez-vous cette fille ?

— Parfaitement, monsieur le président, répliquait le financier. Déguisée en Arlequin, elle se trouvait parmi les complices de Mandrin le jour où ceux-ci ont pénétré dans mon château des Aigles. Elle a donc participé à l'enlèvement de ma femme, et contre elle je requiers justice.

— Accusée, interrogeait sévèrement le président, qu'avez-vous à dire ?

— C'est exact !... déclarait Jeanne Destenave, impassible.

— Monsieur le fermier général, veuillez vous asseoir... invitait M. Barsin.

L'huissier appelait :

— L'agent Troplong !

Pistolet s'avança vers les juges, qu'il salua avec son obséquiosité coutumière ; et après avoir prêté serment, se tournant en une attitude théâtralement indignée, vers l'accusée qui le foudroyait d'un regard de mépris et de dégoût, il s'écria, donnant libre cours à sa rancœur et à sa haine :

— J'affirme que, de tous les complices de Mandrin, cette femme est peut-être la plus redoutable ! Elle m'a attiré dans un odieux guet-apens, et ce n'est nullement sa faute si je n'ai pas été brûlé vif par ces bandits. Mais ce n'est pas tout !... Non contente de se refuser à aider l'œuvre de justice, lorsque je lui offrais son pardon, en échange de renseignements qui auraient pu à la fois rendre service et prouver son repentir, elle s'est glorifiée de ses crimes.

» Voilà pourquoi, au nom de mon maître, M. le marquis d'Argenson, lieutenant de police de Sa Majesté, je supplie le tribunal de prononcer une condamnation qui fasse frémir d'horreur et d'épouvante tous ceux qui n'ont que trop d'indulgence envers de pareils monstres !

A ces mots, un grondement s'éleva parmi le public. Mais il ne se prolongea pas. Les gendarmes, essaimés parmi les spectateurs, avaient déjà saisi leurs voisins au collet... et les protestations aussitôt s'éteignirent. Tous voulaient assister à la fin de cette tragique séance.

— Accusée, questionnait le président, qu'avez-vous à dire pour votre défense ?

— Rien ! répliquait Tiennot le Berger... Si ce n'est que je suis fière d'avoir servi sous les ordres du capitaine Mandrin, et que je mourrai heureuse d'avoir été assez forte pour ne pas le livrer à ses ennemis.

N'eût été la crainte d'être expulsé, le public n'eût pas manqué de souligner par de vifs applaudissements cette énergique réplique... Mais seuls les yeux parlaient... Beaucoup brillaient d'enthousiasme. Quelques-uns se voilaient de larmes.

— Il ne reste plus de témoins à entendre ? demandait M. Barsin de Losme.

Tout à coup, une voix vibra :

— Il en reste un encore !

Et bondissant par-dessus la balustrade qui séparait le public du prétoire, un homme de haute stature, aux proportions athlétiques, les cheveux au vent, le visage illuminé d'une flamme ardente, courut vers l'estrade, tandis que de toutes parts s'élevait ce cri :

— Mandrin ! c'est Mandrin !

Sur un geste de Pistolet, les gendarmes qui entouraient Tiennot voulurent s'élancer sur lui. Mais, d'un geste impétueux, le capitaine les arrêta... et s'adressant au président et aux juges qui, bouleversés par cette apparition inattendue, n'en croyaient leurs yeux ni leurs oreilles, il lança :

— Au nom du roi, je réclame la mise en liberté immédiate de cette femme.

— Comment, au nom du roi ? s'exclamait M. Barsin de Losme, cramoisi sous sa perruque blanche.

— Voici l'ordre de grâce, déclarait Mandrin, en lui remettant le papier libérateur que lui avait donné Nicole.

Le magistrat s'en empara. Et, au comble d'un ahurissement que partageaient ses assesseurs, il allait en commencer la lecture.

Mais Bouret d'Erigny s'avançait à son tour vers l'estrade.

— Et moi, au nom du roi, s'écria-t-il, je réclame l'arrestation immédiate de Mandrin !

Le capitaine et le fermier général, qui se trouvaient face à face, échangèrent un terrible regard.

— Vous arrivez bien tard ! ricana le révolté.

— Vraiment ! scanda l'oppresseur du peuple, avec un sourire diabolique.

Et tendant au président, de plus en plus interdit, un papier qu'il avait retiré de son habit, il fit :

— Voici l'ordre par lequel Sa Majesté révoque la mesure de clémence qu'on lui avait arrachée par surprise.

Mandrin eut un sursaut... Etait-ce possible ? Le roi s'était donc joué de Nicole... car il n'était pas possible que Nicole se fût jouée de lui.

Au milieu de l'émotion générale, le président, après avoir pris connaissance du contre-ordre, se levait... ainsi que tous ses assesseurs... et désignant Mandrin aux gendarmes, il s'écriait :

— Qu'on arrête cet homme !

D'un geste rapide comme l'éclair, le capitaine, dégaina sa rapière, en criant :

— Trahison !... à moi, mes amis !

Tandis qu'il exécutait avec son sabre de furieux moulinets, faisant reculer la maréchaussée, que Bouret d'Erigny et Pistolet excitaient en vain de la voix et du geste, une vingtaine de ses compagnons qui se dissimulaient parmi les curieux, se précipitaient à leur tour dans le prétoire et, sortant des armes qu'ils dissimulaient sous leurs vêtements, ils fonçaient sur les gardes, dégageaient leur chef et enlevaient Tiennot.

Affolés, les magistrats avaient pris le parti — le plus sage, d'ailleurs — de disparaître par une petite porte qui s'ouvrait sur l'estrade.

Quant à Pistolet, il entraînait Bouret d'Erigny au dehors, en lui disant :

— Partons ! Car ces misérables ne nous feraient pas de quartier... Mais rassurez-vous, ils vont trouver dehors à qui parler.

L'exempt, sur le péristyle, allait éprouver une nouvelle et terrible déconvenue.

Une véritable trombe humaine, formée par quatre-vingts contrebandiers, se précipitait sur les gendarmes et policiers en civil, que le limier avait postés aux alentours du palais de justice. En un clin d'œil, ils étaient assaillis, bousculés, immobilisés, permettant ainsi à Mandrin et à ses autres amis de s'esquiver avec Tiennot.

Le capitaine venait de remporter une nouvelle et éclatante victoire !

Bouret et Pistolet écumaient de rage.

— Cet homme, grinçait l'homme noir, a fait un pacte avec le diable.

— Il faut aller en hâte prévenir La Morlière, s'écriait le fermier général...

Peut-être pourra-t-il rattraper Mandrin avant qu'il ait franchi la frontière ?

Tous deux, peu soucieux de se mêler à la bagarre, rentrèrent dans le palais de justice, et traversèrent un dédale de couloirs qui aboutissaient à une porte donnant sur une rue déserte.

Avisant un carrosse qui s'avançait au pas de ses quatre chevaux ruisselants de sueur et conduits par un postillon couvert de poussière, Pistolet s'élança en criant :

— Conduisez-nous au château des Aigles !

Une tête effarée apparut à la portière. Le financier eut un cri de colère : il venait de reconnaître Mme Malicet !

— Descendez ! ordonna-t-il brutalement.

La grosse Thérèse obtempéra aussitôt, suivie par son mari et la petite Martine.

Sa première parole fut :

— Et Nicole ?

Bouret et le policier se préparaient à monter dans le carrosse. Mais Mme Malicet, se cramponnant à eux, les suppliait :

— De grâce ! répondez-moi ! Et notre fille ?

Hors de lui, Bouret d'Erigny, les désignant à plusieurs gendarmes qui, attirés par les bruits de la lutte, s'empressaient, un peu trop tard, d'ailleurs, de secourir leurs camarades, ordonnait :

— Jetez-moi ces gens en prison !

Et, avec Pistolet, il s'engouffra dans la voiture qui, enlevée par ses chevaux que le postillon cinglait de grands coups de fouet, partit à vive allure dans la direction du château des Aigles.

Durant le trajet, le financier et l'exempt n'échangèrent pas une parole.

L'instant n'était pas aux explications, ni aux reproches. Tous deux rongeaient leur frein en silence. Bouret se rattachait au frêle espoir que les cavaliers de La Morlière pourraient le rattraper à temps...

Pistolet, d'abord effondré par son formidable échec, s'était vite ressaisi, et ruminait déjà un autre plan.

Lorsqu'ils entrèrent en coup de vent dans le grand salon, le colonel La Morlière se préparait à passer la revue de son régiment reconstitué, qui l'attendait sous les armes, dans la grande cour du château. Sans s'être concertés, et animés du même désir d'en finir à n'importe quel prix avec Mandrin, ils se précipitèrent vers l'officier qui, à leur attitude, n'eut pas de peine à deviner qu'une nouvelle catastrophe venait de se produire.

— Colonel... attaquait M. d'Erigny, savez-vous ce qui vient de se passer à Grenoble, il y a quelques instants ?

— Ma foi non !

— Eh bien ! Mandrin vient d'enlever à notre nez sa complice, que les juges du présidial s'apprêtaient à condamner !

— Tonnerre ! rugit le vieux militaire... Ah ! cette fois, c'en est trop !

— Colonel... invitait le financier... peut-être en lançant tout de suite un fort détachement de cavalerie par les chemins de traverse, auriez-vous le temps de gagner la frontière avant que Mandrin ne l'ait lui-même franchie ?

— La frontière ! tonitruait La Morlière, en bouclant son ceinturon... mais je m'en moque... et si Mandrin passe le premier... eh bien ! je la passerai après lui !

Pistolet, s'avançant vers le colonel, déclarait avec l'ardeur du limier altéré du sang de sa proie :

— Et c'est moi qui vous en donnerai le moyen !

—Vous ! ponctua dédaigneusement l'officier.

— Oui ! affirmait d'Erigny, qui se

au-devant de lui, son visage se crispa. N'était-ce pas la rivale... l'ennemie ?...

Nicole, qui n'avait pas reconnu Mandrin, interrogeait fiévreusement :

— Où donc est le capitaine ?

Réprimant la colère et la haine qui la bouleversaient, Tiennot répliquait :

— Là-bas, à Grenoble, au présidial !

— Pourquoi n'est-il pas revenu avec vous ?

— Parce qu'il est sans doute encore en train de se battre.

Tiennot, sans plus s'occuper de Nicole, pénétra dans la maison, tandis que ses compagnons dévisageaient Nicole d'un air nettement hostile.

La jeune femme, pressentant une catastrophe, rejoignit Tiennot dans la grande salle... et d'une voix haletante, elle lui demanda :

— Dites-moi, que se passe-t-il ? Mandrin serait-il en danger ?

— Je le crains !... scandait âprement Jeanne Destenave.

» Quand, sur son ordre, le Pays et le Brutal m'ont enlevé du prétoire, il tenait tête à une véritable meute de gendarmes et de policiers, commandée par Bouret d'Erigny et Pistolet en personne.

— Je ne comprends pas.

— Qu'est-ce que vous ne comprenez pas ?

— Cette bataille.

— Mandrin a voulu me délivrer.

— Le roi ne lui avait-il pas fait grâce ainsi qu'à tous ses compagnons ?

— Le roi ! répéta Tiennot, en haussant les épaules.

» Ah ! laissez-moi rire avec le roi... avec votre roi !

Nicole, bouleversée, s'écriait :

— Pourquoi me parlez-vous ainsi ? Pourtant, je ne vous ai causé aucun mal !

Tiennot éclata d'un rire strident.

— Je vous en supplie, insistait Nicole, expliquez-vous ! Vous voyez bien que je suis à demi-morte d'angoisse.

— Tant mieux !... car vous ne souffrirez jamais assez... en comparaison de ce que vous m'avez fait souffrir à moi-même.

— Comment, c'est vous, Tiennot... le compagnon, l'ami de Mandrin, qui me parlez ainsi ?

— Tiennot n'existe plus.

— Que voulez-vous dire ?

Et Jeanne Destenave, incapable de se maîtriser davantage, s'écria, les yeux enflammés de toute l'atroce jalousie qui la torturait :

— Il n'y a plus devant vous qu'une femme qui aurait voulu donner toute sa vie pour Mandrin... et qui l'aime plus que vous ne l'avez jamais aimé !

Sous le coup de cette foudroyante révélation, Nicole chancela, douloureusement blessée.

Un abominable soupçon venait subitement de lui traverser l'esprit :

— Sa maîtresse... fit-elle... vous êtes sa maîtresse !

— Rassurez-vous, repartit Jeanne, avec une amère ironie... Mandrin ne m'aime pas et ne m'aimera jamais. Il a exigé que je sois et que je reste pour lui Tiennot le Berger... et même, un jour où j'avais eu la stupide folie de revêtir un costume de femme, il m'a chassée de sa présence ; et il a fallu que je fusse à la veille d'être exécutée par le bourreau pour qu'il se souvînt de moi.

A ces mots, Nicole ne put retenir un cri de délivrance...

Mais, farouche, implacable, Jeanne Destenave poursuivait :

— Ne vous hâtez pas de triompher ! Car, si j'ai tout pardonné à Mandrin, et si j'ai toujours refusé de le livrer à ses ennemis, vous, je vous hais de toutes mes forces, de toute ma volonté... et ce n'est pas seulement parce que vous avez été entre lui et moi un véritable obstacle, mais encore et surtout, parce que, par votre faute, Mandrin, à l'heure présente, est peut-être entre les mains des fermiers généraux !

— Non, non, non... c'est impossible... vous mentez !

— Je mens !... Interrogez mes camarades... Ils vous diront comme moi que Mandrin, en accourant au présidial de Grenoble, est tombé dans un odieux traquenard que vous avez contribué à lui tendre.

— Moi ?

— Oui, vous !

Et Tiennot le Berger, sublime à la fois d'amour et de haine, acheva en étendant vers Nicole ses mains vengeresses :

— De notre héros, vous avez fait un martyr !... Puisse son sang retomber sur vous !... Puisse-t-il vous inspirer un remords qui soit déjà tout l'enfer ! Puisse-t-il vous marquer d'une honte ineffaçable, et faire de vous, pour tous ceux qui ont aimé, qui ont admiré Mandrin, un objet d'horreur et d'infamie !

Cette fois, c'en était trop ! Nicole crut qu'elle allait devenir folle...

Se révoltant contre l'accusation abominable, flagellée par les imprécations de sa rivale, elle ne put que lui lancer au visage :

— Misérable ! Misérable !

Mais une voix vibrante et courroucée retentissait dans le vestibule.

— Où est-elle ?... Où est-elle ?

— Lui !... s'écria Nicole.

Et Mandrin apparut sur le seuil.

En un élan irrésistible, la jeune femme courut se jeter dans ses bras.

Mais le capitaine la repoussait durement.

— Louis !... fit-elle, au comble de l'émoi et de la détresse.

Mais Mandrin, la saisissant par les poignets, martelait :

— Et toi qui te vantais d'avoir obtenu ma grâce !

— Eh bien ?... haletait la pauvre petite.

— Est-ce que cela compte, la parole d'un roi ? s'exaltait le révolté !... Ma grâce était révoquée d'avance... et quand je me suis présenté au présidial pour sommer les juges de remettre Tiennot que tu vois là en liberté, Bouret d'Erigny s'est dressé devant moi avec un contre-ordre signé par Louis XV... et si je n'ai pas été arrêté, c'est parce que mes amis, auxquels s'était joint le peuple indigné, ont réussi à m'arracher à Bouret d'Erigny, et à ses argousins !

Et, en un ricanement terrible, Mandrin scandait :

— Tu peux être fière de ton œuvre... Par ta faute, j'ai failli périr !...

Cette fois, c'en était trop... Nicole ne put en écouter davantage... Vaincue par la douleur que ces terribles reproches lui inspiraient, elle chancela... et elle se fût écroulée à terre, si Mandrin, en un élan instinctif, ne l'avait retenue dans ses bras.

Alors, un vif et subit remords envahit le révolté... A la désespérance que révélait le visage de Nicole, il comprit qu'il venait d'être injustement cruel envers elle, et qu'en lui donnant à croire qu'il la croyait capable, même par inconscience, par légèreté, d'avoir trempé dans la trahison dont il avait failli être victime, il l'avait frappée d'une blessure dont elle pouvait mourir.

A cette pensée, tout ce qu'il y avait d'humain, de généreux, de tendre dans le cœur de Mandrin se révolta, mettant en déroute sa grande colère, et ne lui inspirant plus, pour l'être adorable qu'il pressait sur son cœur, qu'un amour incommensurable.

Et sa bouche enfiévrée s'appuya longuement sur les lèvres tremblantes, qui murmuraient déjà un éternel adieu au rêve qu'elle croyait à jamais brisé par cette terrible tempête.

Jeanne Destenave étouffa un cri de douleur.

Ainsi, elle était donc destinée à boire le calice jusqu'à la lie ! Elle serait donc jusqu'au bout la délaissée, l'immolée !

Et, pour ne pas fléchir et succomber sous ce coup suprême, elle dut s'appuyer à la muraille.

Déjà, Nicole, sous l'ardent baiser de Mandrin, commençait à revenir à la vie.

— Louis, dit-elle d'une voix étranglée de sanglots... Jamais je n'aurais cru possible une chose aussi épouvantable.

» Le roi... renier ainsi sa parole !

— Tu vois bien... reprenait le justicier, que c'est moi qui avais raison.

— Pardonne-moi !

— Ma pauvre petite, pourquoi t'en voudrais-je.

— Par ma faute, te voilà de nouveau en danger.

— Non... reprenait Mandrin... Pour l'instant, je ne risque rien... puisque j'ai passé la frontière !

Et il ajouta :

— Demain, je te donnerai une lettre pour des amis que j'ai à Chambéry. Ils t'accueilleront avec beaucoup d'amitié... Tu resteras près d'eux, en attendant que j'aie découvert et installé pour toi la douce et mystérieuse retraite où je viendrai te rejoindre et où nous oublierons tout ce qui ne sera pas nous !

— Oh ! oui, je veux bien.

— Je vais écrire tout de suite cette lettre... Viens... Car jusqu'à demain je ne veux pas distraire un seul instant du bonheur, qui nous est, hélas ! si parcimonieusement réservé. Viens, ma femme chérie !

Mandrin entraîna Nicole vers le vestibule... Mais, soudain, Nicole s'arrêta... car elle venait d'apercevoir Tiennot tristement appuyé contre l'appui d'une fenêtre.

— Et cette femme ? fit-elle, oppressée d'une dernière inquiétude.

— Comment, tu sais !

— Oui.

— Elle a parlé ?

— Je ne lui en veux pas !

— Tu as raison, car c'est une pauvre âme.

— Oui, c'est une pauvre âme... répéta Nicole d'une voix toute d'angélique bonté.

— Tu as bien fait d'en avoir pitié...

Tous deux s'éloignèrent, tendrement enlacés... Alors, Tiennot, tout en les suivant d'un regard qui révélait son indicible souffrance, reprit :

— Puisque j'ai eu la force de ne pas trahir Mandrin, c'est que je devais aller jusqu'au bout de mon sacrifice.

Et tandis qu'une expression de calme profond se répandait sur ses traits ulcérés, elle fit en joignant les mains et en levant vers le ciel ses beaux yeux dans lesquels il n'y avait plus de larmes :

— Merci, mon Dieu, de m'avoir donné ce courage !... Car maintenant je pourrai me faire tuer sans scrupule... Mandrin n'a plus besoin de moi !

XVII

ASSAUT SUPRÊME

Le même jour, vers onze heures du soir, Bouret d'Erigny et Pistolet gravissaient le sentier qui donnait accès aux ruines de Saint-Barnabé.

A peine atteignaient-ils la grande cour qu'un sonore : « Halte-là ! Qui vive ! » les arrêtait...

Surgissant de l'ombre, un « argoulet » vêtu d'un habit brun avec parements, d'une veste et d'une culotte garance, chaussé de hautes guêtres et coiffé d'un bonnet haut et rond en feutre noir, apparut, croisant son fusil armé d'une courte baïonnette.

Mais une rude voix ordonnait :

— Laissez passer !

C'était le colonel de La Morlière qui s'avançait au-devant du fermier général et de l'exempt.

— Ah ! vous voici, monsieur, fit-il, en affectant de n'adresser la parole qu'à Bouret d'Erigny.

» Mes hommes sont tous massés dans la chapelle. J'espère que cette fois je n'ai pas été mal renseigné et que nous allons pouvoir surprendre dans sa tanière cette bête féroce qu'est Mandrin !

Pistolet esquissa dans l'ombre un sourire d'ironie assurée.

Il était tranquille. Il tenait enfin sa revanche !

Tous trois pénétrèrent dans la chapelle où cent argoulets triés sur le volet attendaient les ordres de leur chef.

Pistolet affectant une attitude des plus déférentes sous laquelle il dissimulait la joie de son prochain triomphe, invitait, en affectant à son tour d'ignorer le colonel :

— Monsieur le fermier général, ce maroufle de Pistolet vous avait promis de vous livrer Mandrin avant que les cloches de Pâques aient sonné !... Il va tenir parole... Daignez de suivre...

Il s'avança jusqu'au maître-autel... et, faisant basculer la dalle qui dissimulait l'entrée secrète, il expliqua en désignant les premières marches qui s'enfonçaient dans le sol :

— Ce souterrain, ainsi que je vous l'ai dit, conduit au château de Bon-Repos où, d'après ce que vient de me rapporter un de mes émissaires, Mandrin s'est réfugié, après avoir échappé au traquenard que nous lui avions tendu dans le présidial même de Grenoble.

» Il aboutit à deux issues : l'une qui conduit directement à l'appartement occupé par Mandrin... l'autre qui accède dans les caves du château.

» La première, ignorée de Mandrin, est libre... et nous pourrons par elle, sans coup férir, pénétrer dans les appartements du premier étage.

» Quant à la seconde, elle a été barricadée...

» Mais j'estime que plusieurs hommes résolus et suffisamment outillés en viendront facilement et rapidement à bout.

» Peut-être monsieur le fermier général, pourriez-vous prier M. le colonel de La Morlière de...

— Morbleu ! coupait le vieux militaire... je n'ai d'ordres à recevoir de personne... et encore moins d'un paltoquet de votre espèce.

— Cependant, cherchait à atténuer Bouret d'Erigny... il me semble...

Mais, furieux, le colonel éclatait...

— Si vous croyez que cela m'amuse de faire une véritable guerre de taupes... au lieu d'attaquer en face mon ennemi !...

— Mon cher colonel, s'efforçait de calmer le financier, ne vous irritez pas ainsi... Cet exempt nous offre un excellent moyen d'en finir une bonne fois pour toutes avec Mandrin... sans risquer de provoquer une trop grande effusion de sang ou de graves complications diplomatiques...

Et avec une fermeté tempérée par la plus conciliante politesse, le fermier général ajouta :

— Je ne vois pas d'ailleurs en quoi votre prestige militaire serait compromis par l'exécution de mesures dont je prends entièrement la responsabilité et qui ne peuvent que se terminer par un succès.

» Or, ce succès, colonel, personne ici, je vous en donne ma parole, ne songera à vous en disputer la gloire...

— Hum ! Hum ! grommela le vieux soldat, en tiraillant sa forte moustache.

Et afin d'apaiser entièrement ses scrupules et surtout de donner satisfaction à son amour-propre offensé, M. d'Erigny acheva :

— Colonel, il vous est parfois arrivé en campagne de recueillir, d'informateurs bénévoles ou d'espions enrôlés, de précieux renseignements qui vous ont permis de mener à bien une attaque.

— Je ne dis pas non.

— Eh bien ! considérez l'exempt Troplong comme un de ces auxiliaires... Croyez que, pour ma part, je vous serai tout particulièrement reconnaissant si vous voulez bien exécuter de bonne grâce les instructions qu'en vertu des pleins pouvoirs dont je suis revêtu, j'ai l'honneur de vous transmettre au nom de Sa Majesté.

Cette fois, La Morlière comprit qu'il n'avait qu'à s'incliner ; et son esprit de discipline l'emportant sur son orgueil, il fit, d'un ton résolu :

— Eh bien ! soit !

— Monsieur le colonel, murmurait l'homme noir, voulez-vous me permettre de vous montrer la route.

La Morlière eut un geste d'acquiescement sous lequel perçait encore tout le mépris qu'il vouait au policier...

Et Pistolet, s'emparant d'un falot, s'engouffra dans l'entrée du souterrain, immédiatement suivi par Bouret d'Erigny.

— En avant ! commandait le colonel à ses soldats.

Et tous, en file indienne, disparurent bientôt sous terre.

. . . .

. . . .

Après avoir vu Mandrin et Nicole s'éloigner tendrement enlacés, Jeanne Destenave était demeurée près de la fenêtre... pâle, immobile, le regard vide...

Maintenant qu'elle avait pris la résolution de se faire tuer lors de la première rencontre des troupes du capitaine avec les argoulets de La Morlière, elle se sentait plus calme... et surtout moins douloureuse... Et elle n'avait plus qu'un désir, en attendant l'heure suprême : se faire oublier, non seulement de Mandrin et de Nicole, mais encore de tous ces contrebandiers qui n'étaient pas sans la dévisager avec une curiosité gênante.

Pour éviter les questions qu'ils ne manqueraient pas de lui poser... elle prit le parti d'éviter leur présence... et quittant la salle, elle s'en fut se réfugier dans un coin isolé du parc où, se cachant aux yeux de tous, elle put donner libre cours à ses larmes si longtemps refoulées...

Elle en ressentit bientôt un profond apaisement...

On eût dit que l'ange du sacrifice qui maintenant l'inspirait avait dispersé en un coup d'aile toutes les horreurs et toutes les haines qui la bouleversaient...

La noblesse de son renoncement et la loyauté de son attitude mettaient en elle un inconscient orgueil, dont le rayonnement l'exaltait... et lui donnait la force dont elle avait besoin pour gravir jusqu'au bout de son calvaire...

Et elle eut bientôt la sensation réconfortante entre toutes que ce n'était plus une marche au supplice qu'elle allait vivre, mais qu'elle s'avançait déjà sur le chemin d'une éternité reposante et sereine.

Elle ne rentra au château que lorsque la nuit fut venue... Elle y pénétra d'ailleurs avec la plus grande facilité, et sans être vue de personne...

En effet, Mandrin se fiant à l'inviolabilité des frontières, ne plaçait jamais de sentinelles que devant la grille principale ; et tous ses soldats dormaient tranquilles dans la grande salle du rez-de-chaussée qui leur servait de dortoir.

Tiennot le Berger s'allongea sur un banc dans le vestibule... et, cédant à la fatigue, elle fermait les paupières, lorsqu'il lui sembla entendre, dans le sous-sol, un bruit étrange fait d'une série de coups assourdis et répétés.

Tout de suite elle fut debout, l'oreille aux aguets...

Le bruit avait cessé ; et Tiennot, rassuré, allait de nouveau s'étendre sur le banc, lorsque, cette fois, elle crut percevoir des pas dans l'escalier, accompagnés d'un cliquetis d'armes... et se rappelant que Pistolet connaissait l'existence du souterrain, elle murmura :

— Pourquoi ma douleur m'a-t-elle absorbée au point que je n'ai pas songé à prévenir Mandrin de se tenir sur ses gardes ?

» J'ai commis là une faute irréparable... et je crains qu'il ne soit plus temps de la réparer.

Tiennot ne se trompait pas...

Au moment où elle allait s'élancer pour donner l'alarme, la porte de la cave s'ouvrait, démasquant Pistolet qui précédait le premier détachement d'argoulets.

Rapide comme l'éclair, Tiennot se précipita dans l'escalier du premier étage où se trouvait l'appartement de Mandrin.

Pistolet, qui l'avait aperçue, se garda bien de la poursuivre... et désignant aux « argoulets » la porte de la grande salle, il leur fit :

— Par ici, vite !... Tandis que le colonel opère là-haut, vous allez surprendre les bandits dans leur premier sommeil et les cueillir tous avant qu'ils aient le temps de se défendre.

Les argoulets faisant irruption dans la salle se jetèrent sur les compagnons de Mandrin... qui, ainsi que l'avait prévu l'exempt, n'allaient leur offrir qu'une faible résistance.

Pendant ce temps, Tiennot frappait à la porte de Mandrin.

— Qui est là ? s'écriait le capitaine qui était encore debout.

— Moi, Tiennot !

Et d'une voix tremblante, il s'écria :

— Sauvez-vous, le château est envahi !

Nicole, qui commençait à se dévêtir, eut un sursaut d'épouvante.

Mandrin, instinctivement, s'était emparé d'un pistolet déposé sur une table... Mais les rideaux qui dissimulaient l'entrée de la garde-robe s'écartaient brusquement et le colonel La Morlière, suivi de plusieurs hommes, se ruait sur lui avec une telle impétuosité qu'il n'eut pas le temps de se servir de son arme...

Il n'allait pas se rendre ainsi.

Se débattant, donnant à droite, à gauche, de grands coups de pied, de formidables coups de poing, il parvint à se débarrasser de ses adversaires... et il cherchait à rejoindre Nicole qui avait ouvert la porte et l'incitait à fuir avec elle... Une charge d'argoulets, qui, maintenant, remplissaient la pièce, l'en empêcha.

Saisi, happé, empoigné, il cherchait cependant à se défendre encore, écumant de rage, mordant les mains qui l'étreignaient ; mais bientôt, immobilisé et garrotté sur l'ordre de La Morlière, qui s'était emparé de Nicole à moitié morte de douleur et d'épouvante, il était entraîné au dehors et conduit jusqu'à la grande salle où les contrebandiers ligotés, gisaient à terre pêle-mêle, à côté des cadavres de ceux qui, au cours d'une lutte aussi brève qu'inutile, avaient été impitoyablement massacrés.

La première personne que Mandrin aperçut fut Bouret d'Erigny qui, la main appuyée sur la poignée de son épée, le dévisageait avec une expression d'insolent triomphe.

— Misérable !... grinça le révolté. Pourquoi ne t'ai-je pas étranglé de mes mains ?... Pourquoi ne t'ai-je pas passé mon sabre au travers du corps ?

Le financier eut un ricanement méprisant ; et d'un ton sec, il ordonna :

— Emmenez en prison ce bandit et ses complices !

— Je proteste... hurlait Mandrin... Vous n'avez pas le droit de m'arrêter ici... en territoire étranger !

— Obéissez ! commandait le fermier général aux argoulets qui entouraient Mandrin.

Echappant à La Morlière, Nicole s'élançait vers lui.

— Vous êtes un infâme ! s'écria-t-elle... oui... un infâme et un traître !

— Emparez-vous d'elle ! clamait Bouret d'Erigny en la repoussant brutalement... Et que l'on fasse de vous, madame, ce que l'on fait de vos pareilles !

— Par le souterrain !... commandait La Morlière à ses hommes.

Tandis que ceux-ci entraînaient Mandrin et Nicole, Pistolet s'approchant de La Morlière, lui disait :

— Eh bien ! mon colonel, vous voyez que parfois on a besoin d'un plus petit que soi.

— Ouais ! ponctua hostilement le vieux militaire furieux, au fond, de devoir la capture de Mandrin au policier que, par principe, il méprisait et qu'il s'était pris à détester férocement, à mesure qu'il avait appris à le connaître.

Et Pistolet qui, réellement, se gargarisait de son succès, reprit :

— Je vais demeurer ici quelques instants ; car il est indispensable que je me livre à une perquisition au cours de laquelle je ne puis manquer de mettre la main sur des documents importants.

» Je vous prierai donc, monsieur le colonel, de bien vouloir me laisser quelques-uns de vos hommes.

— Auriez-vous peur de demeurer seul dans ce château ? lançait dédaigneusement La Morlière.

— Nullement, ripostait l'homme noir ; mais je puis avoir besoin de faire appel à l'aide de quelques bras vigoureux pour forcer les coffres, bahuts ou placards dans lesquels Mandrin a dû enfermer ses archives.

— En effet ! appuyait Bouret d'Erigny... Veuillez donc, colonel, laisser à la disposition de l'exempt Troplong quelques-uns de vos argoulets qui nous rallieront dès que les recherches seront terminées.

— Soit ! acquiesçait La Morlière... Sergent La Ramée, prenez dix hommes et allez fumer une pipe dans la cour pendant que ce... cet exempt fera son métier.

Et il s'en fut avec Bouret d'Erigny rejoindre le gros des argoulets qui avait déjà repris le chemin de la cave, en emportant leurs prisonniers.

Le sergent La Ramée s'empressa de gagner la cour avec les soldats qu'il avait choisis... et Pistolet se dirigea vers une grande armoire Louis XIII dont il ouvrit les battants.

Tandis qu'il se livrait à ses investigations, à l'autre bout de la salle, deux têtes émergeaient simultanément d'un tas de paille : c'étaient celle de Mi-Carême et de Carnaval.

Tous deux échangèrent un regard significatif... puis ils se mirent à ramper vers une fenêtre qui donnait sur une cour intérieure... et ils parvinrent à se glisser au dehors, sans attirer l'attention des limiers.

A peine avaient-ils disparu, que Tiennot le Berger se dressait sur le seuil, un poignard à la main.

A pas de félin, il s'avança vers Pistolet qui continuait à explorer l'armoire et ne pouvait ni le voir ni l'entendre.

Lentement... Tiennot s'approcha... et lorsqu'il fut tout près de l'homme noir, il lui plongea sa lame entre les deux épaules.

L'exempt tomba lourdement sans pousser un cri.

Alors, Tiennot se pencha... Un rictus affreux convulsait la bouche de sa victime... On devinait que l'agonisant

Photo-film Cinéromans.

— Vous êtes libres... au nom du roi ! annonça le guichetier chef aux époux Malicet, joyeusement surpris.

Photo-film Cinéromans.

Impassible, Mandrin écouta la lecture du jugement qui, le condamnant à la [illegible] spécifiait que les débris de son corps seraient exposés aux fourches patibulaires.

Photo-film Cinéromans.

Les bras liés, la tête re ouverte du voile des parricides, Mandrin marchait au supplice avec assurance.

voulait appeler... mais qu'il ne le pouvait pas... Dans la cour, les argoulets échangeaient des propos sonores... La vengeance était là, tout près... et Pistolet sentant qu'il n'avait plus la force de l'appeler à lui, eut un dernier regard dans lequel se concentrait la rage infernale qui était en lui... Une écume rougeâtre apparut sur ses lèvres... ses traits devinrent livides... La mort arrivait... inexorable...

Pourtant, Pistolet voulut se débattre encore... et se roulant dans le sang qui coulait à flots de sa blessure, il étendit ses mains crispées vers la porte, en un geste de suprême et inutile appel.

Puis, ses membres se figèrent... Un râle, un seul, déchira sa poitrine... et il expira.

Tiennot se retira à reculons jusqu'à la fenêtre par laquelle Mi-Carême et Carnaval s'étaient esquivés... et il allait s'enfuir dans les ténèbres lorsqu'une main se posa sur son bras.

C'était Mi-Carême qui lui murmurait à l'oreille :

— Veux-tu nous aider à venger le capitaine ?

— J'ai déjà commencé, répliquait Tiennot d'un air farouche, et Pistolet a expié son infamie.

— Mais l'autre !... Bouret d'Erigny ? scandait Carnaval.

— Il aura son tour !

Et tout en baissant la voix, Jeanne Destenave dont les yeux brillaient d'une lueur surhumaine interrogeait fiévreusement :

— Voulez-vous m'aider, vous, à sauver le capitaine ?

— Sauver le capitaine ! s'exclamèrent les deux contrebandiers.

— Oui ! accentuait Tiennot.

— Mais moi je donnerai ma vie pour cela ! affirmait Mi-Carême.

— Et moi aussi ! déclarait Carnaval.

Et Tiennot reprit d'un ton mystérieux :

— Eh bien ! suivez-moi !

Et tous trois disparurent dans la nuit...

XVIII

AU SECOURS DE MANDRIN

Quelques jours après les événements que nous venons de décrire, tandis que l'instruction du procès de Mandrin se poursuivait à Valence, où le révolté avait été transporté, Louis XV, de plus en plus rongé par son inguérissable ennui, s'apprêtait à quitter Fontainebleau.

Assis dans son cabinet de travail, auprès d'une fenêtre qui donnait sur le grand jardin à la française dont les parterres commençaient à fleurir, il contemplait d'un œil vague, indifférent, la magnifique perspective qui s'offrait à lui, lorsque la marquise de Pompadour apparut en proie à une émotion qu'elle s'efforçait en vain de réprimer.

Le roi, à sa vue, eut un léger sourire.

Il espérait sans doute que sa favorite allait lui apporter quelque distraction, soit en lui narrant une historiette inédite, soit en lui soumettant quelque projet de fête...

Mais s'apercevant à l'attitude de la marquise qu'elle devait être plutôt messagère de quelque importune nouvelle, il fit sur un ton de politesse renfrognée :

— Chère amie... vous semblez fort mécontente... Qui donc a eu l'insolente audace de vous causer du souci ?

— Vous, sire ! répliquait Mme de Pompadour avec une promptitude et une netteté de repartie qui piqua au vif l'amour-propre et la curiosité du monarque.

— Moi ! s'exclama-t-il... Veuillez croire que cela a été de ma part très involontaire... Faites-moi donc savoir tout de suite le sujet de votre courroux pour que je puisse l'apaiser et vous dédommager de la peine que, malgré moi, je vous ai causée.

— Sire, je l'espère d'autant mieux qu'en venant vous trouver, j'obéis surtout au grand désir qui m'a toujours animée, celui de servir avant tout la gloire et les intérêts de Votre Majesté.

— Oh ! oh ! souriait le roi, avec son scepticisme habituel... Je crois savoir ce dont il s'agit... Votre ami... Mandrin, n'est-ce pas ?

— Oui, sire... Je viens d'apprendre que Mandrin avait été arrêté en Savoie et ramené en France.

— Je l'ai ouï dire, en effet.

— J'ai su également qu'il était déféré devant le présidial de Valence et qu'il allait être condamné au supplice de la roue.

— Que voulez-vous que j'y fasse ?

— Sire, vous aviez fait grâce à Mandrin.

— Dites plutôt que vous m'avez arraché ce pardon.

— C'est possible, mais vous avez signé !

— M. d'Argenson m'a fait comprendre que la raison d'Etat exigeait que Mandrin fût châtié.

— Sire ! M. d'Argenson vous a fait commettre une injustice.

— Madame !

— Et je viens vous demander de la réparer.

— Et moi, madame, scandait sévèrement le roi, si vif soit mon regret de vous désobliger, je vous prie de garder devant moi un silence absolu sur cette affaire.

Mais Mme de Pompadour était tenace...

Consciente de son influence et certaine que son attitude ne pouvait nuire à sa fortune, elle n'allait point se tenir pour battue et elle lui répondit du tac au tac :

— Si vif soit mon regret d'importuner Votre Majesté, je ne puis cependant lui laisser ignorer certains faits dont s'est accompagnée la capture de Mandrin.

» Tout d'abord, Mandrin a été arrêté au château de Bon-Repos, en plein territoire savoyard.

— Comment cela ? s'exclamait Louis XV. J'avais cependant défendu, sur l'avis de mon ministre des Affaires étrangères que, sous aucun prétexte, on franchît la frontière.

— On l'a fait cependant, sire, en utilisant traîtreusement un souterrain qui fait communiquer l'ancienne chapelle du château de Saint-Barnabé avec les caves du château de M. de Voltaire.

L'air fort mécontent, Louis XV reprenait :

— Je ne m'explique pas comment le colonel de La Morlière, qui est un soldat discipliné entre tous, ait osé enfreindre ainsi mes ordres.

La favorite ripostait :

— Le colonel de La Morlière n'a fait qu'exécuter les instructions du fermier général Bouret d'Erigny qui, en vertu des pleins pouvoirs dont il était investi, a certainement contraint ce brave officier à agir de la sorte.

— Tout ceci ressemble singulièrement à de la forfaiture, s'irritait le roi.

— Ce n'est pas tout, sire ! accentuait Mme de Pompadour.

— L'imbécile !

— Il ne s'est pas contenté de cette odieuse mesure de représailles... Il a fait également incarcérer les Malicet dans une prison de Grenoble et ne parle rien moins que de les faire pendre.

— Oh ! Oh ! grommelait le monarque... voilà qui ne me plaît guère.

Et il se mit à arpenter à grands pas son cabinet.

La marquise, très forte de l'avantage qu'ele venait de remporter sur le roi, se garda bien de troubler sa méditation qui fut d'ailleurs très brève... En effet, Louis XV, revenant bientôt vers elle, demandait :

— De qui tenez-vous ces nouvelles?

— D'un cavalier qui vient d'arriver à l'instant même.

— Je veux le voir.

— Votre Majesté va être satisfaite.

La marquise se dirigea vers la porte par laquelle elle était entrée et qui donnait sur un couloir communiquant directement avec ses appartements particuliers...

Elle disparut un instant pour revenir avec un jeune homme revêtu d'un costume de voyage très simple, mais dont le visage plein de gravité, le regard lumineux et l'attitude pleine de distinction et de respect produisirent sur le roi une impression favorable.

Avant même que Louis XV eût commencé à l'interroger, la marquise de Pompadour, profitant des bonnes dispositions du roi, lançait au messager :

— Monsieur, racontez à Sa Majesté ce que vous savez.

Et Tiennot le Berger fit au roi en termes précis et mesurés le récit des événements qui s'étaient déroulés au présidial de Grenoble, ainsi qu'au château de Bon-Repos, et qui confirmaient, en les développant et en les précisant, les premières déclarations de la favorite.

Louis XV l'écouta sans l'interrompre une seule fois... Puis il reprit, en donnant volontairement à ses traits une impassibilté destinée à masquer ses sentiments intimes :

— Comment savez-vous tout cela ?

— Sire, répondait Tiennot avec un grand courage... c'est pour moi que Mandrin a failli être arrêté au présidial de Grenoble.

— Comment, vous êtes ?...

— Tiennot le Berger, sire... J'ai juré de mourir ou de sauver Mandrin... voilà pourquoi, bien que je sois, moi aussi, hors la loi, je n'ai pas hésité un seul instant à accourir ici...

» J'ai eu raison... puisque Votre Majesté a daigné m'écouter, me permettant ainsi de faire éclater la vérité à ses yeux.

— Cela suffit ! congédiait sèchement Louis XV, sans toujours rien laisser voir de ce qui se passait en lui.

— Retirez-vous... ordonnait Mme de Pompadour à Tiennot.

Celui-ci s'inclina devant le roi qui ne le regardait plus, puis devant la favorite, qui lui murmura à l'oreille :

— Allez m'attendre où je vous ai dit.

Elle s'en fut ouvrir elle-même la petite porte à Tiennot, qui disparut ; et elle rejoignit le roi qui, le visage assombri, s'était dirigé vers la fenêtre.

La marquise connaissait suffisamment le caractère de Louis XV pour être certaine qu'il était réellement troublé de ce qu'il venait d'entendre.

Le moment était donc propice pour s'emparer de sa volonté hésitante et le diriger vers le but qu'elle s'était assigné.

Elle s'approcha de lui et, trop adroite pour brusquer les choses, elle fit simplement sur un ton de déférent et affectueux reproche :

— Et maintenant, sire, vous me comprenez n'est-ce pas, et vous m'excusez sans doute ?

Le roi la regarda avec une certaine inquiétude.

— Mon amie, fit-il avec une mélancolie exempte de toute irritation, je sais ce que vous pensez. Vous vous dites qu'un roi de France ne doit jamais renier sa parole... et vous avez raison... Mais lorsque j'ai gracié Mandrin, j'ignorais bien des choses et les arguments de mon lieutenant de police m'on convaincu que, uniquement préoccupé de vous être agréable, j'avais pris une mesure contraire à l'intérêt de l'Etat.

» Ne me demandez donc pas de revenir une troisième fois sur une décision que je suis contraint de déclarer irrévocable.

— Sire! s'écriait la marquise, l'autre jour, lorsque ma cousine vous exposait le mal que les fermiers généraux causaient à la France, je vous ai vu frémir d'une juste colère.

« » Et votre indignation vous a inspiré cet acte de clémence tout à votre gloire.

» Depuis ce moment, on vous a demandé, au nom de l'Etat, de vous montrer impitoyable, et vous avez étouffé la noble pitié qui était en vous pour céder à ces nouvelles instances.

» Mais après ce que vous venez d'apprendre, Votre Majesté conviendra que ce n'est plus seulement aux pauvres gens que les fermiers généraux s'attaquent, c'est aussi votre autorité qu'ils battent en brèche, mettant en pratique les dangereux propos que tenait dernièrement l'un d'eux :

« — Maintenant, c'est à nous qu'il appartient de gouverner la France. »

— Palsambleu ! reprenait Louis XV... je ne puis cependant pas, je vous le répète, arracher Mandrin à ses juges.

— Ce n'est pas cela que je vous demande.

— Alors que voulez-vous ?

— La liberté de Nicole.

— Je puis vous l'accorder... Ce soir, j'en parlerai au lieutenant de police...

— Sire, je voudrais vous éviter un pareil souci... Permettez-moi seulement de me rendre à Valence, munie d'un blanc-seing de Votre Majesté, grâce auquel je pourrai faire sortir Nicole de ce couvent où M. d'Erigny l'a emmurée... et délivrer en même temps ses parents, mes pauvres cousins Malicet, que cet homme vindicatif, implacable, a fait également arrêter.

— Eh quoi ! s'étonnait Louis XV, vous entreprendriez un si long voyage et pour un motif aussi futile ?

— Ce n'est pas un motif futile, sire, que de sauver des innocents.

— Voilà une fort belle parole, très chère amie ; mais il me semble qu'en envoyant là-bas un courrier avec des ordres précis...

— M. Bouret d'Erigny est parfaitement capable de le faire disparaître, tandis qu'il n'osera ni m'attaquer, ni me résister... Face à face avec lui, je suis sûre d'être la plus forte.

— Je crains, faiblissait le roi, que ce déplacement ne vous cause bien des ennuis et une grande fatigue.

— Sire, rappelez-vous qu'hier encore votre médecin, inquiet de ma santé qui, depuis quelque temps, laisse fort à désirer, me conseillait de changer d'air... et de me rendre pendant quelque temps dans le Midi.

— C'est fort juste ! Mais que vais-je devenir en votre absence ?

— Oh ! sire... sourit la favorite, avec malice... n'allez-vous pas retourner à Versailles ?

— Dès demain.

— Où vous réclame l'inauguration d'un certain hôtel... dit du Parc-aux-Cerfs.

Louis XV rougit légèrement.

Mme de Pompadour poursuivait, toujours avec le même accent de déférente amitié :

— Dont j'ai choisi moi-même l'ameublement et les tentures et dont votre fidèle valet de chambre Lebel s'est chargé, m'a-t-il dit, de recruter... le personnel.

» Nul doute que, pendant mon court séjour en province, Votre Majesté n'y trouve un dérivatif à son incurable ennui !... Et croyez que j'en serai ravie...

— Eh bien ! c'est entendu, déclarait le roi... visiblement désireux de couper court à ce délicat entretien.

Il s'en fut s'asseoir à son secrétaire... prit une feuille de vélin à son sceau et à ses armes sur laquelle il traça quelnies lignes. Puis il la remit à la marquise en disant :

— Il ne me reste plus, ma chère marquise, qu'à vous souhaiter un bon voyage et un prompt retour.

La favorite s'empara du blanc-seing qu'elle venait d'obtenir si adroitement du faible monarque, qu'elle remercia avec effusion.

Quand elle se fut retirée, Louis XV se leva... soupira... bâilla... et s'en fut vers la fenêtre... Et, tout en s'amusant à suivre les évolutions des cygnes sur le bassin qui s'étalait à ses pieds, il murmura d'un air égoïste et satisfait :

— Tout cela durera bien autant que moi... Et après moi, le déluge !...

XIX

LA MESSAGÈRE

En son château des Aigles, Bouret d'Erigny savourait sa victoire... Le procès de Mandrin, commencé à Valence, tirait à sa fin... Nicole, enfermée dans un couvent, grâce à une lettre de cachet dont il s'était muni d'avance, allait expier pour longtemps, pour toujours peut-être, son amour pour le grand révolté... et dès l'exécution de Mandrin qui ne pouvait être qu'imminente, il comptait reprendre la route de Paris, où ses collègues ne manqueraient pas de lui réserver un chaleureux accueil.

Cependant, le fermier général était loin de goûter une joie sans mélange... Malgré toute sa volonté d'en finir avec une passion qui avait déjà si grandement bouleversé sa vie, il n'avait pu réussir à lui imposer entièrement silence.

Par instants, il se sentait attiré par une force irrésistible vers celle qu'il avait si odieusement séquestrée...

Plusieurs fois, il avait été sur le point de se rendre auprès d'elle...

Mais il était trop avisé pour ne pas prévoir l'inutilité d'une pareille démarche.

Soit qu'il la suppliât, soit qu'il la menaçât, Nicole — il en était sûr — ne consentirait pas à se laisser arracher à la croix sur laquelle il l'avait clouée... Elle était bien perdue à jamais pour lui !...

Ce renoncement définitif n'était pas sans le déchirer plus qu'il ne voulait se l'avouer à lui-même...

Parfois... une crainte l'empoignait, celle que le souvenir de Nicole demeurât si puissant en lui qu'il ne pût jamais la bannir de sa pensée... et qu'il fût condamné pour toujours à sa cruelle et lancinante hantise.

Il n'était pas sans trembler à la pensée que, désormais, au milieu de ses richesses, de son luxe, de ce tourbillon de plaisirs dans lequel il était décidé à se lancer, l'image de la jeune femme, en pleurs au fond du cloître, ne cesserait de l'obséder et d'empoisonner sa vie... non pas d'un remords dont il était incapable... mais d'un regret dont rien ne pourrait le délivrer.

Tel était l'état d'esprit du financier, lorsqu'un laquais se présenta à lui, annonçant :

— Une dame est là, qui demande à être reçue par Votre Seigneurie.

— Vous savez bien, répliquait M. d'Erigny que j'ai donné l'ordre de ne laisser entrer personne.

Mais une voix claire vibra dans le salon :

— Ces ordres, je prends sur moi de les enfreindre !

Bouret d'Erigny eut un cri de surprise.

Sur le seuil, il venait de reconnaître la marquise de Pompadour qui, dans un gracieux costume d'amazone, le regardait d'un air d'autorité souveraine.

— Comment !... vous, marquise... fit-il... vous ici ?

— Oui... moi ! scandait la favorite en s'avançant vers lui.

— Excusez-moi, marquise, se ressaisissait le financier, mais je ne pouvais prévoir l'honneur d'une pareille visite...

— Que justifient cependant, coupait sèchement la marquise, les procédés dont vous vous êtes rendu coupable envers certains membres de ma famille !

Bouret se mordit les lèvres... Il n'avait pas prévu une intervention aussi puissante, aussi rapide et aussi directe.

Faisant appel à tout le sang-froid qui lui était indispensable en face d'une adversaire de si grande envergure, il répliquait, sur un ton plein de respect, mais sous lequel il laissait deviner, en même temps que sa haine et sa rancune, sa volonté de mener jusqu'au bout le combat :

— Je crois deviner, marquise, que vous ignorez les motifs que m'ont, je ne dirai pas inspiré, mais commandé les mesures que j'ai cru devoir prendre envers certains des vôtres.

— Je les connais, monsieur.

— Et vous admettez que votre cousine ait pu se jouer ainsi de moi ?

— Nicole n'a fait, monsieur, que vous rendre la monnaie de votre pièce.

— Marquise, hasardait M. d'Erigny, je crains que vous n'ayez été fort inexactement renseignée.

— Non, monsieur... Je suis, au contraire, parfaitement au courant de tout ; et je suppose que vous n'aurez pas l'insolente audace de nier que pour obtenir la main de Nicole, vous avez employé envers elle des moyens d'intimidation que vous me saurez gré de ne pas qualifier.

Cette fois, le fermier général venait de recevoir un de ces coups droits qu'il est impossible de parer.

Aussi, sa riposte allait-elle s'en ressentir.

— Marquise, fit-il, en dominant mal le désarroi qui commençait à s'emparer de lui... j'étais éperdument amoureux.

— Ceci n'est pas une excuse... Un gentilhomme, ou tout au moins un personnage qui se prétend tel, devrait rougir de procédés pareils.

» Mais ne nous attardons pas en une discussion inutile... et laissez-moi vous poser une question à laquelle je vous prie de répondre sans réticence et sans délai.

» Qu'avez-vous fait de ma cousine ?

Bouret, d'un ton hésitant, répliquait :

— Marquise, à la suite du scandale provoqué par la demoiselle Malicet, scandale qui avait porté atteinte à mon honneur et que je ne pouvais laisser impuni, j'ai fait emmener cette personne dans un couvent.

— De quel droit ?

— En vertu d'une lettre de cachet que j'avais obtenue de Sa Majesté.

— Et moi... déclarait Mme de Pompadour, en foudroyant du regard le fermier général, en vertu d'un blanc-seing que m'a donné le roi, je vous somme de me révéler sur-le-champ l'endroit où vous avez relégué ma cousine... sinon, je vous fais arrêter et emprisonner sur-le-champ !

Cette fois, Bouret d'Erigny blêmit de colère et de peur.

Mais comme il gardait toujours le silence, la favorite, frappant du pied avec impatience, s'écriait :

— Eh bien ! monsieur, j'attends !

— Votre cousine, reprit Bouret d'une voix sourde, est où l'on envoie ses pareilles... c'est-à-dire à Grenoble, au couvent des repenties de sainte Madeleine.

— Monsieur Bouret d'Erigny, s'écriait Mme de Pompadour, vous avez fait là une bien vilaine besogne !

Et tournant les talons, elle regagna le vestibule, sans plus s'occuper du financier qui, à travers ses fenêtres, la vit rejoindre deux cavaliers qui l'attendaient dans la cour.

L'un d'eux, un tout jeune homme, sautant à bas de sa monture, lui tendit l'étrier... Elle s'élança en selle et, suivie de ses deux écuyers, elle disparut dans la direction de Grenoble.

Une heure après, elle frappait à la porte du couvent.

Grande fut la surprise de la sœur tourière, lorsqu'elle aperçut, à travers le grillage de son guichet, la silhouette à la fois élégante et impérieuse de la marquise.

Celle-ci, jugeant superflu de perdre du temps en verbiages inutiles, lui présentait à travers le guichet le blanc-seing qui lui avait été signé par Louis XV et qui lui permettait de franchir aussi bien le seuil des monastères les plus clos que de pénétrer dans les prisons d'Etat les plus fermées.

La tourière, qui ne pouvait soupçonner la véritable identité de la favorite, mais qui avait tout de suite deviné en elle une très grande dame, s'empressait de lui ouvrir la porte et de la faire entrer dans un cloître dont les arceaux donnaient sur une cour austère.

Immédiatement, la marquise attaquait :

— Je veux voir Mlle Nicole Malicet.

— Il faut d'abord que je prévienne Mme la Supérieure, déclarait la tourière.

— Faites vite, ma sœur.

— Veuillez, madame, entrer dans ce parloir.

— Non, je préfère attendre ici.

» Pauvre petite, murmura la favorite tout émue, quand je pense que sans moi elle était destinée à vivre et peut-être à mourir ici.

La Supérieure, sortant de son oratoire, s'avançait vers elle en une attitude hiératique. Ses mains croisées sur la poitrine disparaissaient dans les manches de sa robe de laine blanche que ceignait un chapelet aux énormes grains noirs.

La maîtresse du roi s'inclina vers elle... La religieuse, d'un léger signe de tête, lui rendit son salut.

— Je suis la marquise de Pompadour, annonçait la favorite.

Ce nom, objet d'exécration pour les dévots, ne parut produire aucune impression sur la Supérieure.

Peut-être, dans l'isolement de ce lointain couvent, n'était-il jamais parvenu jusqu'à ses oreilles ? Ou bien au contact permanent de ces pauvres âmes flétries qu'elle avait pour mission de ramener à Dieu, son cœur de sainte femme s'était-il enveloppé d'un tel rayonnement d'indulgence qu'elle ne pouvait qu'accueillir avec pitié toute pécheresse qu'elle rencontrait sur son chemin ?

La marquise de Pompadour poursuivait :

— Il y a quelques jours, M. le fermier général Bouret d'Erigny a fait enfermer ici une jeune fille, Nicole Malicet, qui est ma parente.

» Je viens vous demander, madame la Supérieure, de me la rendre !

— Hélas ! répliquait la nonne, je ne puis accéder à votre désir. Cette jeune femme a été envoyée dans cette maison en vertu d'une lettre de cachet... Je ne puis donc la remettre en liberté que sur un ordre de Sa Majesté.

— Le voici !... répliquait Mme de Pompadour, en lui mettant sous les yeux le blanc-seing qui lui conférait les pouvoirs les plus illimités.

La Supérieure en prit connaissance... et fit aussitôt :

— Que la volonté du roi s'accomplisse, madame... ! Je vais vous conduire auprès de votre parente... et vous pourrez l'emmener dès qu'il vous plaira.

Mme de Pompadour, guidée par la religieuse, longea le cloître et arriva jusqu'à un jardin au milieu duquel se dressait un calvaire... Nicole était agenouillée sur l'une des marches de pierre...

Une religieuse, doucement, l'exhortait :

— Mon enfant, ne pleurez pas ainsi... Offrez pour votre salut le sacrifice de votre bonheur... Réfugiez-vous près de Dieu, qui pardonne !

Soudain, Nicole eut un cri de surprise et d'espérance...

Elle venait d'apercevoir Mme de Pompadour.

En un élan spontané, elle courut se jeter dans ses bras.

— Vous ! vous ici... fit-elle... Vous avez donc eu pitié de moi ?

— Je viens te chercher, déclarait la favorite en la couvrant de baisers.

— C'est impossible... je rêve !...

— Viens, ma chère petite.

Nicole, en larmes, laissa retomber sa tête sur l'épaule de sa cousine.

— Qu'est-ce donc ? interrogeait Mme de Pompadour.

— Je pense à *lui*.

— Ma chérie !...

— Et je me dis que, puisqu'il doit mourir, je suis morte pour le monde...

— Nicole, écoute-moi...

La favorite se pencha à l'oreille de la pauvre enfant toute secouée de sanglots et elle lui parla à voix basse... Cette mystérieuse confidence parut apaiser la grande douleur de Nicole dont bientôt la figure s'éclaira d'un doux reflet d'espérance.

Puis, fébrilement, elle reprit :

— Eh bien ! ma cousine puisqu'il en est ainsi, je pars avec vous.

La marquise lui dit :

— Appuie-toi à mon bras...

Et toutes deux s'en furent saluer la supérieure qui s'était tenue à l'écart...

Nicole, d'une voix encore toute tremblante, lui dit :

— Madame, je vous remercie de la bonté que vous m'avez témoignée et du précieux réconfort que j'ai trouvé dans votre sainte maison.

— Allez, ma fille, répliquait la nonne... et que Dieu vous garde !

Et après avoir esquissé un geste de bénédiction vers les deux cousines qui s'éloignaient sous le cloître, elle rentra dans son oratoire.

Lorsque Nicole se trouva hors du couvent, on eût dit qu'elle respirait déjà plus librement... et tout en enlaçant sa cousine, elle lui dit :

— Maintenant, laissez-moi vous remercier... et de ce que vous avez fait, et de ce que vous comptez faire encore.

Mais la favorite l'interrompait ; et lui montrant l'un des cavaliers qui se tenait près d'un carrosse que son compagnon était allé querir dans la ville, elle fit, en un élan de réelle bonté :

— Remercie d'abord ce jeune homme ; car c'est par lui que j'ai été prévenue... et que j'ai pu te délivrer.

Nicole adressait un regard de reconnaissance vers le cavalier dont le regard exprimait à la fois une très grande émotion et une profonde tristesse, lorsqu'elle s'écria en pâlissant :

— Tiennot le Berger !

— Oui, moi... répliquait Jeanne Destenave en saluant Nicole avec un profond respect... Moi qui ai compris combien j'avais été méchante et injuste envers vous... et qui ai voulu réparer mes torts, en cherchant à vous sauver en même temps que celui que vous aimez.

Nicole, bouleversée, ne put que lui tendre la main.

Jeanne Destenave s'en empara et y appuya ses lèvres... Puis, elle reprit :

— Maintenant, madame... vous n'avez plus rien à redouter de moi... J'ai fait le sacrifice de mon amour... comme j'avais fait celui de ma vie...

Et désignant le monastère, tout nimbé de l'auréole d'un soleil éclatant, elle ajouta :

— Dès que j'aurai terminé ma tâche, c'est là que je viendrai m'enfermer pour toujours !

— Nicole... s'écriait Mme de Pompadour, courons à la prison de Grenoble... Tes parents doivent avoir hâte de te revoir.

Et elle ajouta avec un charmant sourire :

— Ils t'ont assez cherchée !

— Ils doivent être furieux contre moi ! s'inquiétait Nicole...

» Maman surtout !

— Rassure-toi, ma belle. Je connais ma cousine... elle a un cœur d'or... et quand elle te verra... elle sera trop heureuse de te pardonner.

Nicole ne se trompait pas... Mme Malicet était dans un état de colère que quinze jours de captivité n'avaient pas apaisé.

Sur l'ordre de Bouret d'Erigny, son mari et elle avaient été enfermés dans un cachot qui n'avait rien de très confortable et où, cependant, ils avaient été traités avec certains égards...

Tout d'abord, on avait jugé inutile de les séparer... ce qui avait permis à la bouillante Thérèse de passer une partie de sa mauvaise humeur sur l'infortuné Agénor, qui avait d'ailleurs opposé aux attaques de son exubérante compagne son habituelle impassibilité, employant la totalité de ses nuits et la plus grande partie de ses journées à dormir sur l'une des couchettes qui, avec deux escabeaux boiteux, composaient tout le mobilier de ce sinistre logis.

Mais, dès le premier jour, les Malicet allaient avoir dans leur détresse une légère consolation...

En effet, faute d'ordres précis à leur sujet, le guichetier en chef s'était entièrement désintéressé d'eux... Il avait même négligé de les fouiller... si bien que Mme Malicet, qui tenait les cordons de la bourse, avait pu conserver devers elle, cachés dans une poche de son cotillon, plusieurs étuis de louis, grâce auxquels elle avait obtenu de son geôlier ordinaire, non pas, hélas ! la liberté, mais l'introduction dans le cachot de provisions qui lui avaient permis, ainsi qu'à son mari, de satisfaire les exigences de leurs robustes appétits.

Cette faveur avait eu pour les captifs un résultat plutôt désagréable...

En effet, attirés par l'odeur appétissante des pâtés de venaison ou des tartes à la frangipane, tous les rats de la prison de Grenoble semblaient s'être donné rendez-vous dans la cellule des Malicet... et ce n'était pas sans peine que Thérèse et Agénor parvenaient à les faire réintégrer leurs trous.

Certains auraient pu considérer cette chasse comme une distraction pittoresque ou un exercice salutaire... Tel n'était point leur avis ; car tous deux professaient une horreur profonde envers ces rongeurs, dont le nombre et l'audace semblaient croître chaque jour.

Ce nouvel avatar n'était nullement fait pour calmer les indignations de la bouillante Thérèse.

En présence du temps qui s'écoulait, dans son ignorance complète des événements, elle en arrivait à se persuader automatiquement que son mari et elle étaient destinés à demeurer en prison jusqu'à la fin de leur existence.

Or, tandis qu'elle se répandait en imprécations contre Mandrin, Bouret d'Erigny et sa péronnelle de fille, et qu'Agénor cherchait à assommer avec son énorme soulier un non moins énorme rat qui s'était aventuré au centre d'un panier de victuailles, la porte du cachot s'ouvrait brusquement et le guichetier en chef interpellait :

— Le sieur Malicet... ici !...

Thérèse se précipitait en clamant :

— Vous n'allez pas me le prendre !

Mais le guichetier en chef ripostait :

— Vous êtes libres... au nom du roi !

A ces mots, les époux Malicet bondirent vers la porte... insuffisamment large pour leur livrer passage en même temps... et ils y demeurèrent coincés, se débattant, criant, tempêtant jusqu'à ce que le guichetier eut mis fin à leur délicate situation.

Puis, les poussant vers la cour, il ajouta :

— Seulement, n'y revenez plus ou bien, cette fois, tâchez d'être coupables !

Les Malicet ne l'entendaient plus. Ils couraient de toutes leurs jambes vers la porte d'entrée, tant ils avaient hâte de respirer à pleins poumons l'air de la liberté.

Au bout de quelques pas, ils se heurtaient à leur servante Martine qui, les bras en l'air, poussait des cris de joie.

— Toi ! ici !... s'exclama Thérèse.

— Oui, madame... expliquait la servante... Je venais, ainsi que chaque jour, prendre de vos nouvelles !

» Figurez-vous que j'ai rencontré... mais je veux vous laisser le plaisir de la surprise.

Et elle s'effaça devant le couple Malicet, qui gagna rapidement le couloir voûté sur lequel s'ouvraient les portes du greffe... dont sortaient précisément Nicole et la marquise.

A la vue de leur fille, tous deux s'arrêtèrent, suffoqués, cloués sur place.

Nicole se dirigeait vers eux, les bras tendus, tendre et suppliante.

— Arrière ! mademoiselle ! s'écriait Malicet, vous nous avez fait vraiment trop marcher.

Sans s'en douter, le brave Agénor venait, par son attitude et son langage, de gagner involontairement la cause de sa fille auprès de sa femme.

Celle-ci, en effet, en vertu de cet esprit de contradiction qui la caractérisait, attirait Nicole dans ses bras et, tout en la serrant contre sa plantureuse poitrine, elle lançait en pulvérisant son mari d'un regard indigné :

— Si vous n'aviez pas donné à votre fille l'exemple de tous les vices...

— Moi !... Oh ! peut-on dire !

— ... de toutes les turpitudes...

Mais Mme de Pompadour s'empressait de mettre fin à cette scène de ménage :

— Trêve de discussion !... imposait-elle avec autorité.

— La cousine Antoinette ! s'écriait Thérèse qui ne l'avait pas encore aperçue.

— Oui... moi...

— Et c'est grâce à elle, s'empressait de déclarer Nicole, si vous êtes délivrés !

Avec son exubérance habituelle, Mme Malicet voulut sauter au cou de la marquise.

Celle-ci, coupant court à ses effusions, ordonnait :

— Vous me remercierez tout à l'heure, ce soir, demain, une autre fois.

» Pour l'instant, il s'agit de filer, et au plus vite... Nicole vous expliquera pourquoi... Une chaise de poste est là et va vous conduire en Suisse.

— Encore un voyage !... geignit Malicet, en s'affalant sur un banc.

— Ordre du roi !... martelait la favorite.

— Je veux rentrer chez moi... s'obstinait Agénor.

Thérèse l'empoigna par le bras et, le secouant avec une force, à laquelle les rigueurs de la captivité ne semblaient pas avoir porté atteinte, elle s'écria :

— Parce qu'il ressemble à Louis XIV, il se croit le droit de désobéir à Louis XV !

Et elle ajouta en trépignant :

— Si tu veux rester, reste... moi, je pars !... Viens, Nicole... et toi aussi, Martine... Ma cousine, vous êtes un ange !

— C'est cela... partez... partez... encourageait Mme de Pompadour, en poussant Thérèse vers la porte.

Malicet, stimulé par Martine, se décida à emboiter le pas... et tandis que le guichetier en chef donnait enfin la clef des champs à ses hôtes, Nicole s'approchait de la marquise et, tout en lui donnant un baiser, elle lui murmura :

— Alors, vous croyez que je puis espérer ?

— Silence !... recommanda Mme de Pompadour,... Compte sur moi... et j'espère que, d'ici peu, tu apprendras une bonne nouvelle.

Nicole s'en fut rejoindre ses parents, qui s'apprêtaient à monter en voiture... et la favorite, s'approchant de Tiennot qui, toujours en cavalier, se dissimulait dans l'ombre, lui lança :

— Et maintenant, vite, en route pour Valence... Car nous n'avons pas une minute à perdre !

XX

L'EXÉCUTION

Le procès de Mandrin avait été d'autant plus rondement mené que le révolté n'avait nullement songé à discuter les faits qui lui étaient reprochés... Se glorifiant même de ses actes... et niant seulement toute participation aux meurtres commis durant ses expéditions, il affirmait même qu'il avait souvent cherché à les empêcher, ce qui, nous affirme son impartial historiographe, Funck-Brentano, fut reconnu exact.

Condamné au supplice de la roue, il fut jeté au fond d'un cachot, à Valence, place du Présidial, et attaché par des chaînes rivées à ses chevilles et à ses poignets... Le public fut admis par groupes de cinq ou six personnes, à regarder le prisonnier à travers une porte grillée...

« Il avait beaucoup d'esprit, écrit un » habitant de Valence, la réponse sûre » et prompte, la physionomie des plus » guerrières et des plus hardies, l'œil » vif ; enfin, la figure montrait qu'il » était capable d'entreprendre ce qu'il » avait fait... Il ne se plaignait de rien, » sinon d'avoir été pris en trahison. »

Comme quelques-uns de ses camarades confrontés avec lui (1) pleuraient sur son sort, il s'écria :

— Que pleurez-vous, tandis que je suis tranquille ! Si la mort fait une certaine peine... ne faut-il pas savoir la braver ? Ne vous ai-je pas appris à le faire pendant que je vous commandais ?

La veille de son exécution, on vint lui annoncer qu'un prêtre demandait à recevoir sa confession... Tout d'abord, il s'en irrita...

— Je ne relève que de ma conscience ! s'écria-t-il rudement.

Mais lorsqu'on lui annonça que cet ecclésiastique n'était autre que le curé de Beaujeu, un revirement soudain s'opéra en lui et deux larmes apparurent même au bord de ses paupières.

Le curé de Beaujeu, n'était-ce pas celui qui avait béni son union avec Nicole, avec la femme aimée dont il ignorait le sort et dont la pensée vivait toujours en lui, enfermée au plus profond de son cœur ?

Le bon vieux curé, tout ému, s'approcha du condamné, les mains tendues. Puis, quand il fut demeuré seul en sa présence, il lui dit :

— Mandrin, vous allez mourir bientôt... Il s'agit de vous mettre en règle avec Dieu.

— Et Nicole ?... interrogeait anxieusement le révolté

— Elle est en sûreté dans un couvent

(1) *Mandrin*, par Funck-Brentano, p. 278.

de Grenoble... répliquait le prêtre... Je me suis rendu près d'elle, il y a quelques jours, et c'est elle qui m'a demandé de vous apporter sa pensée fidèle et de vous assister à vos derniers moments.

» C'est donc en son nom autant qu'au mien que je vous adjure de ne pas repousser mon saint ministère.

— Alors, soit ! acquiesçait Mandrin.

— Agenouillez-vous, mon fils, que je puisse écouter vos aveux suprêmes.

Mandrin obéit... le visage transfiguré.

— Mon père, fit-il, vous savez pourquoi je suis condamné... Je n'ai jamais songé un seul instant à me défendre contre les accusations dont j'étais l'objet... sauf quand elles étaient mensongères.

» Pour les hommes qui m'ont jugé, j'ai volé, j'ai pillé, j'ai tué... je suis un bandit !...

» Mais, en toute sincérité de mon âme, sur la tête de celle qui vous a envoyé vers moi, je vous jure que mes actes n'ont pas eu d'autre but que de défendre les opprimés contre les oppresseurs.

» Un double regret va me hanter pourtant jusqu'à mon heure dernière, celui d'être à jamais séparé de celle qui aura été l'unique amour de ma vie... celui surtout de l'avoir condamnée à une existence de douleur et de renoncement.

» Oui, je le vois, à présent... mieux que jamais, je n'aurais jamais dû l'arracher aux siens... Mais elle m'aimait, elle aussi... Elle m'en avait fait l'aveu aussi loyal qu'ingénu et c'est la grande raison qui m'a décidé à vous demander de nous unir.

» Mon père, je n'ai plus rien à vous dire : Dieu me jugera !

Le curé de Beaujeu le contempla un instant avec une expression de bonté touchante... Puis, tout en levant les yeux vers le ciel, il étendit sa main au-dessus de la tête inclinée de Mandrin et il fit simplement :

— Je vous absous !

Après avoir serré son pénitent dans ses bras, il se retira.

Mandrin se sentit encore plus fort devant la mort qu'il n'avait d'ailleurs jamais redoutée... Il n'allait pas attendre longtemps son supplice.

Le jour même, le greffier du Présidial lui donnait lecture du jugement qui avait été rendu l'avant-veille contre lui et qui le condamnait à la torture, à la roue, ajoutant que les débris de son corps seraient exposés aux fourches patibulaires.

Il fut décidé qu'il subirait immédiatement le supplice des brodequins.

Mais, soit qu'il possédât une somme d'énergie surhumaine, soit que, pour des raisons mystérieuses ou de simple pitié, la question lui eût été appliquée avec une mansuétude particulière, son visage n'exprima aucune souffrance, et il fut impossible « de tirer de lui le » nom d'amis ni de camarades, ni au- » cune accusation, aucune indication » de nature à leur nuire (1). »

Bien que la coutume fût de laisser un intervalle de quatre ou cinq jours entre la condamnation et l'exécution des contrebandiers envoyés au supplice, Bouret d'Erigny avait si vivement insisté auprès de la commission qui avait avait jugé Mandrin, que l'exécution eut lieu le lendemain.

En effet, le bruit courait, d'une façon persistante, que le duc de Savoie, roi de Sardaigne, fort mécontent que le colonel de La Morlière eût arrêté Mandrin dans ses Etats, avait envoyé au roi de France un ambassadeur chargé de protester auprès de Louis XV contre la violation dont son territoire avait été l'objet, et de réclamer la restitution de tous les contrebandiers qui avaient été arrêtés sur ses terres.

(1) *Mandrin*, par Funck-Brentano, p. 253.

Or, Bouret d'Erigny, déjà très inquiet de la présence de la marquise de Pompadour dans la région, n'était pas sans redouter que la demande de l'ambassadeur sarde n'impressionnât vivement la cour de France et que le roi, toujours désireux de s'éviter des complications diplomatiques, ne donnât satisfaction au roi de Sardaigne.

Bouret avait eu vite fait de convaincre les juges de la commission, tous acquis aux intérêts des fermiers généraux, dont il était le représentant... et l'exécution avait été fixée pour le lendemain.

Dans l'après-midi, la porte du cachot s'ouvrait pour livrer passage aux geôliers qui s'empressaient de retirer les chaînes du prisonnier, aux gendarmes qui l'entouraient et au curé de Beaujeu qui avait obtenu l'autorisation d'accompagner le pénitent jusqu'au pied de l'échafaud.

Le président du tribunal, en robe rouge, s'avança vers Mandrin, qui avait conservé tout son calme, et lui dit :

— Aux termes de l'arrêté qui vous condamne à être roué vif, vous allez subir la peine suprême.

Mandrin demeura impassible.

Le bourreau s'approcha, tenant à la main un morceau d'étoffe noire... Car le jugement portait que Mandrin marcherait au supplice la tête recouverte du voile des parricides.

Le prêtre s'en empara et s'en fut le placer lui-même sur la tête de Mandrin, en lui murmurant à l'oreille :

— Tout à l'heure, au moment de l'amende honorable, vous demanderez à me parler à l'écart.

Mandrin eut un léger mouvement de surprise.

Mais le prêtre ajoutait ces paroles étranges :

— *Il le faut pour votre salut en ce monde et en l'autre !*

Un bourreau lui lia les poignets et les bras... puis lui planta dans la main une torche allumée... tandis qu'un geôlier lui accrochait sur le dos l'écriteau suivant :

> Chef des contrebandiers,
> Assassin, criminel de lèse-majesté,
> Faux monnayeur,
> Perturbateur du repos public.

Et le sombre cortège se mit en marche.

« Mandrin, nous rapporte Michel Forest, rédacteur des *Annales de Valence*, sortit de sa prison avec un visage calme et une fermeté sans pareille... »

On remarqua, non sans un certain étonnement, que ses pieds portaient à peine les traces de la question qu'il avait subie la veille.

Les plus naïfs affirmaient que le diable, avec lequel il avait dû faire un pacte, l'avait protégé...

D'autres, moins crédules, murmuraient que, par crainte de révélations capables de compromettre des gens très haut placés, on s'était livré sur lui à un simulacre de torture...

Toujours est-il que les témoins furent unanimes à reconnaître qu'il marchait avec assurance.

Après avoir traversé la place du Présidial, entre les rangs serrés d'une foule compacte (1), le cortège se rendit à la cathédrale, devant laquelle devait avoir lieu l'amende honorable.

Mandrin se mit à genoux au seuil de la porte au milieu de laquelle se tenait l'évêque de Valence.

Le prélat s'approcha du condamné et lui dit d'une voix forte :

— Mandrin, reconnaissez vos crimes à la face des hommes, et regrettez-les à la face de Dieu !

Le curé de Beaujeu souleva le voile qui recouvrait la tête de Mandrin, qui

(1) *Mandrin*, par Funck-Brentano, p. 363.

apparut, fière, superbe, plus belle et plus énergique qu'elle ne l'était aux heures de combat, aux instants de victoire.

Mais Mandrin réclamait :

— Je veux parler en secret au prêtre qui a déjà reçu ma confession.

L'évêque hésitait... mais le président de la commission, qui marchait en tête du cortège, s'approcha de lui.

— Monseigneur, fit-il, comme représentant de la justice du roi, je ne mets aucune opposition à ce que le vœu suprême du condamné soit exaucé.

— Alors, entrez !... ordonna l'évêque.

Mandrin laissa retomber son voile noir. Guidé par le curé de Beaujeu et flanqué de huit gendarmes, il pénétra dans le sanctuaire, dont le portail se referma lentement devant la foule, surprise et intriguée.

L'évêque, près duquel marchait le juge du présidial, conduisit le prêtre et le condamné jusqu'à une petite chapelle latérale assez obscure, et au fond de laquelle se dressait un confessionnal dont il ouvrit lui-même la porte principale...

Le curé de Beaujeu s'y engouffra... puis, un clerc s'empara du cierge que Mandrin tenait toujours à la main, et un autre clerc l'invita à s'agenouiller dans une des parties latérales réservée aux pénitents et que recouvrait un épais rideau, que le clerc laissa retomber sur lui.

Quelques instants s'écoulèrent, pendant lesquels le juge et son clergé demeurèrent en prière devant l'autel.

Le président et les gendarmes, qui étaient restés sur le seuil de la chapelle observaient le plus respectueux recueillement.

Bientôt, le prêtre sortit du confessionnal et s'en fut tendre la main à Mandrin, qui sortit à son tour, la tête cachée sous son voile... L'escorte entoura le condamné et le cortège, aussitôt, regagna le porche.

Il apparut alors que Mandrin marchait d'un pas moins assuré... et les gendarmes qui se trouvaient à son côté l'entendirent pousser de profonds soupirs qui ressemblaient à des plaintes étouffées.

Mais lorsqu'il reparut sur les degrés du porche, on eût dit que le frémissement de la foule lui rendait tout son courage un instant défaillant... et ce fut avec toutes les apparences d'une entière résignation qu'il accomplit le bref trajet de l'église à la place d'Armes où était dressé l'échafaud, et qui grouillait de curieux.

« Des spectateurs (1) étaient grimpés
» jusque sur les toitures plates des
» maisons voisines... D'autres s'accro-
» chaient aux balustrades des portes.
» Les pilastres romans dont est ornée
» l'abside de Saint-Apollinaire rete-
» naient des grappes humaines. Les toi-
» tures de quelques vieilles baraques
» en appentis faillirent crouler...
» Comme pour un spectacle, des entre-
» preneurs avaient dressé des échafau-
» dages où la place coûtait douze sols.
» En plus des brigades de la maré-
» chaussée, qu'on avait fait venir de
» Tournon et de Saint-Vallier pour ac-
» compagner Mandrin au supplice, le
» régiment de Tallure, en garnison à
» Valence, avait pris les armes... Par
» surcroît de précaution, on avait fer-
» mé les portes de la ville. Il était cinq
» heures du soir. »

Trois hommes, trois paysans, le premier très grand, très robuste ; l'autre, le second, maigre et frétillant ; le troisième, aux allures élancées d'un tout jeune homme, avaient réussi à se faufiler, non sans peine, jusqu'au pied de l'échafaud.

C'étaient Carnaval, Mi-Carême et Tiennot... qui avaient voulu assister aux derniers moments de leur chef.

(1) *Mandrin*, par Funck-Brentano, p. 286.

— Notre pauvre capitaine !... murmurait Carnaval.

— Il était pourtant le meilleur des hommes, soupirait Mi-Carême.

— La justice n'est pas de ce monde ! articulait Tiennot.

Un grand silence se fit dans l'assistance.

Les gendarmes venaient de remettre Mandrin aux bourreaux, qui l'aidaient à gravir les degrés de la sinistre estrade et l'attachaient, les bras étendus et les jambes écartées sur deux morceaux de bois disposés en forme de X...

Alors, l'un des exécuteurs, à l'aide d'une lourde barre en fer, le frappa à tour de bras, de façon à briser les os des jambes, des bras et du bassin.

Dès les premiers coups, le voile noir tomba... Un cri de surprise jaillit de toutes parts... Un bâillon coupait en deux la figure du supplicié, dont les yeux, révulsés d'horreur et de souffrance, semblaient prêts à s'échapper de leurs orbites.

Mi-Carême, se penchant vers Carnaval, lui dit :

— Ce n'est pas le regard du capitaine !...

— En effet...

— Silence ! imposait Tiennot, dont les lèvres frémissaient d'un étrange sourire.

Alors, il se passa un fait étrange :

« Lorsque le tortionnaire lui eut fra-
» cassé les membres de sa barre de fer,
» lui assénant à toute volée les huit
» coups réglementaires sur les bras,
» les jambes et les reins (1), au lieu
» d'attacher son corps de pantin désar-
» ticulé à la roue de carrosse qui de-
» vait être hissée avec son fardeau pan-
» telant, au haut d'une poterne élevée,
» de manière que le condamné y ago-
» nisât lentement, la face tournée vers
» le ciel, on procéda immédiatement à
» l'étranglement du condamné. »

Les débris de son cadavre, méconnaissable, furent exposés aux fourches patibulaires, devant lesquelles la foule s'écoula lentement, horrifiée et cherchant en vain à distinguer en ces restes méconnaissables celui qui avait été le grand révolté...

Carnaval, Mi-Carême et Tiennot ne se mêlèrent point au défilé... Sans doute craignaient-ils d'être reconnus, ou bien ce spectacle leur paraissait-il par trop épouvantable.

Toujours est-il qu'ils s'éloignaient dans la direction du Rhône, lorsqu'au détour d'une rue, Mi-Carême s'arrêta, désignant du doigt à ses compagnons Bouret d'Erigny qui s'avançait, hautain, méprisant, entouré de quelques officiers.

Carnaval dit à ses amis :

— Le gredin triomphe !

— Oui, grogna Mi-Carême, mais son triomphe sera de courte durée.

— Suivons-le.

— Tiennot ! appelait Carnaval.

Mais une exclamation de surprise échappa aux deux contrebandiers...

Tiennot avait disparu.

Le lendemain matin, au moment même où Jeanne Destenave frappait à la porte du couvent des Repenties, à l'abri duquel elle allait se réfugier pour toujours, on découvrait dans une ruelle isolée de Valence un corps étendu au milieu d'une mare de sang, un poignard enfoncé dans la poitrine.

A ce poignard, était fixée une pancarte sur laquelle une main mystérieuse avait tracé ces mots :

« Mandrin, nous t'avons vengé ! »

Le cadavre était celui de Bouret d'Erigny, fermier général !

---

(1) *Mandrin*, par Funck-Brentano, p. 278

ÉPILOGUE

Quelques jours après, Voltaire, qui avait regagné sa résidence de Ferney, en Suisse, écrivait à son grand ami, le célèbre philosophe d'Alembert...

« Je m'empresse de vous mander une
» étrange et heureuse nouvelle... Man-
» drin, le terrible, le fameux capitaine
» général des contrebandiers de France,
» est toujours vivant.

» On dit que, grâce à une interven-
» tion secrète, à laquelle la marquise
» de Pompadour ne serait pas étran-
» gère, un abominable gredin, égale-
» ment condamné à être roué vif, au-
» rait été substitué à Mandrin au mo-
» ment où celui-ci, dans une chapelle
» de l'église de Valence, faisait à son
» confesseur de suprêmes aveux.

» Hier, j'ai pu m'assurer que ce
» n'était pas un simple racontar. En
» effet, comme j'achevais de déjeuner,
» mon valet de chambre introduisit au-
» près de moi un beau et grand gail-
» lard et une délicieuse jeune femme,
» en lesquels je n'eus aucune peine à
» reconnaître le capitaine Mandrin et
» sa charmante épouse.

» Je les accueillis avec le plus vif em-
» pressement et je les saluai même très
» bas... car ils représentaient la beauté
» et la justice ! »

Et voilà pourquoi la légende, qui prétend encore de nos jours que Mandrin vécut, après le drame de Valence, de longs et heureux jours, pourrait bien, après tout, être aussi... de l'histoire.

FIN

Imp. [illegible], [illegible], rue [illegible], Paris, XVe [illegible]

www.ingramcontent.com/pod-product-compliance
Lightning Source LLC
LaVergne TN
LVHW012019220826
846092LV00001B/407

* 9 7 8 2 3 2 9 2 0 9 2 3 4 *